Cielo nocturno

Soledad Puértolas

Cielo nocturno

EDITORIAL ANAGRAMA
BARCELONA

Diseño de la colección: Julio Vivas y Estudio A
Ilustración: foto © Josh Westrich / ZEFA / CORBIS

Primera edición en «Narrativas hispánicas»: mayo 2008
Primera edición en «Compactos»: marzo 2010

Pedró de la Creu, 58
08034 Barcelona

ISBN: 978-84-339-7375-7
Depósito Legal: B. 4515-2010

Printed in Spain

Liberdúplex, S. L. U., ctra. BV 2249, km 7,4 - Polígono Torrentfondo
08791 Sant Llorenç d'Hortons

1

Camino del colegio, al pasar por delante del Almacén Moraleda, me detenía para asomarme a la oscuridad y tratar de distinguir algo, mesas, mostradores, estanterías, sillas. Sobre las ventanas a ras del suelo aún se podía leer el rótulo desgastado de la tienda, ya clausurada. Las letras habían sido doradas, el fondo había sido negro. Almacén Moraleda. Pronunciaba en voz baja las palabras como si fueran un conjuro, pero no ocurría ninguna transformación. Me asomaba a las ventanas polvorientas del almacén y sólo veía oscuridad.

Aquel sótano abandonado, hundido en las tinieblas, pertenecía a la época anterior a la guerra, era casi una leyenda. Aquellos años se mencionaban en susurros, como si nadie estuviera seguro de que hubieran existido. La ristra de ventanas a ras del suelo recorría la fachada y daba la vuelta a la calle. Los cristales, tan sucios que no dejaban ver el interior, estaban protegidos por barrotes de hierro. Más que una tienda de telas –aunque ya no lo era–, parecía una cárcel, una mazmorra, ¿cómo podía ser que el Almacén Moraleda, del que tanto había oído hablar, hubiera acabado convertido en aquella oscura cueva?, ¿por qué nadie se hacía cargo de él? Los Moraleda se habían arruinado, pero algunos miembros de la familia aún vivían en el piso principal del número cuatro de la cuesta de la Bodega Alta, y puede que todavía quedaran por allí algunas de las muchas familias emparentadas unas con otras que habían ocupado los otros pisos del edificio. Eran tantas, que nadie sabía bien quién se había arruinado del todo con el hundimiento definitivo del almacén, qué barco había quedado un poco a flote o cuál había cambiado radicalmente de puerto, es decir, de vivienda, y por supuesto, de actividad.

Cuando el Almacén Moraleda salía a relucir en las conversaciones de mis padres, siempre se lamentaban de que hubiera acabado en aquel abandono. Había sido la mejor tienda de telas de la ciudad. Hasta su apertura, había que ir a Barcelona para comprar los paños de los buenos trajes y los buenos abrigos o las sedas y encajes para los vestidos de fiesta de las señoras. El Almacén Moraleda proveía de todo. Tenía contacto directo con Inglaterra. La primera tienda en ofrecer lana de cachemir, ¡y qué cachemir!, la mano se deslizaba por la tela con una suavidad desconocida, ¡qué placer acariciar aquellas lanas tan finas, tan delicadas!

Pero aunque el Almacén Moraleda aún hubiera estado abierto, mi madre no habría comprado allí las telas de sus vestidos. Sus hermanas mayores le pasaban ropa de la que se aburrían o que dejaba de servirles. La tía Inmaculada y la tía Magdalena. A ellas no les gustaban sus nombres tal como eran. Preferían acortarlos. Inma y Magda. Aun así, me resultaban casi impronunciables. Viven en San Juan de Luz. A mis amigas del colegio eso les impresionaba. San Juan de Luz, una pequeña ciudad francesa, un puerto de mar, del lejano mar. Mi madre contaba la historia con admiración. Cuando la tía Inma había cumplido dieciocho años, había hecho las maletas y se había ido a Francia a trabajar de camarera. No había pedido permiso a nadie. La guerra acababa de terminar. No era la única que se marchaba. De camarera pasó a costurera, de costurera a sombrerera. El espíritu de rebeldía que la había hecho avanzar siempre a contracorriente, se transformó, de pronto, en espíritu empresarial. Había ido ahorrando dinero y llamó a su hermana Magdalena para poner entre las dos una sombrerería. Ninguna de las dos se había casado. Vivían para sus sombreros y para cierta vida social de mujeres solteras e independientes. De vez en cuando, hacían un viaje.

Cuando venían a vernos, se asombraban del atraso de la ciudad que habían dejado a sus espaldas. Se reían de todo, fumaban, bebían vermut al mediodía y pequeñas copas de licor cuando caía la tarde. Licor de color verde o azul, que se traían de Francia. Se pintaban los labios de colores extraños, malva, naranja, con reflejos de nácar. Viajaban con sus barras de labios, muchas. Tenía, cada una, un neceser para los polvos de la cara, las cremas, el perfume y las barras de labios. Dejaban sobre la cómoda de mi cuarto, abiertos, los neceseres de estampados de flores, llenos de compartimentos, rebosantes. Dormían en mi cama. Yo, en un colchón que se tendía en el suelo. Mi cuarto se transformaba, era un cuarto en el que no se podía dar un paso sin tropezar con algo.

Las tías siempre se estaban cambiando de ropa. Colgaban los vestidos en el armario o detrás de la puerta. Había perchas colgadas de los tiradores de la ventana, vestidos que llegaban hasta el suelo, ¿dónde podían ponerse las perchas para que los vestidos no rozaran el suelo, para que no se ensuciaran?, habría que colocar unos colgadores más altos, protestaban. Se descalzaban y se sentaban en la cama, doblando las piernas bajo su cuerpo. Sus piernas enfundadas en medias de cristal. Se las acariciaban, complacidas. Se ríen, desdoblan las piernas, las cruzan, rozan las mías, las dejan caer sobre las mías. Hablan de las calles de San Juan de Luz, del puerto, de los barcos, de las chocolaterías, de las tiendas, de la elegancia, de lo que es chic y de lo que es cursi y vulgar. Lo saben todo. Todo lo que los demás ignoramos. Cuando se van, la casa parece un lugar sin brillo, triste, innecesario.

Quedaba su huella. Los vestidos que habían dejado para mi madre y que luego heredaría yo. Algún sombrero. El preferido de mi madre: negro con una pluma blanca. Cuando se lo pone, mi madre se despega de nosotros. Anda erguida por la calle y todos la miran. Se da cuenta. Esboza una pequeña sonrisa, no para los demás –no devuelve la mirada a nadie–, sino para sí misma.

Quedaba algo más, dentro de mí: el deseo de salir de mi ciudad en cuanto pudiera. No para reunirme con mis tías y trabajar en su tienda de sombreros de San Juan de Luz. Eran admirables, mis tías y los sombreros. Pero soñaba con algo más, sin saber lo que era.

Camino del colegio, miraba todos los días, mientras Felisa, la portera de la casa de mis padres, tiraba de mi mano, el oscuro sótano abandonado del Almacén Moraleda. Felisa era la encargada de llevarme al colegio, mientras mi madre aún dormía. Siento en mi piel la mano rugosa de Felisa. Jamás usaba guantes. Mis manos, enfundadas en los míos, de lana azul marino, que se endurecía con el viento de la mañana, se quedaban heladas. La bufanda también se endurecía, húmeda sobre la boca. En las frías mañanas de invierno, el viento me empujaba y me hacía caer al suelo. Felisa me sostenía, me arrastraba. Al doblar la esquina del callejón del Viento, el viento nos encañonaba. Dejábamos el Almacén Moraleda a nuestras espaldas. Cruzábamos la plaza de Santa Catalina, rodeábamos la iglesia, abocábamos a otro callejón, sin asfaltar, muchas veces embarrado, largo, interminable. Le pedía a Felisa que me soltara, que me dejara junto a la tapia del colegio. Ella, entonces, me apretaba más la mano. Avanzábamos arrimadas a la tapia, a resguardo del viento. Sólo muy al final, el último año en que me llevó al colegio, conseguí que me despidiera nada más traspasar la puerta del pequeño jardín delantero, al pie de las escaleras que conducían al vestíbulo.

Quizás era de allí, de la amenaza de la decadencia, que tenía un símbolo tan palpable en el Almacén Moraleda, de donde mis tías habían huido. Aunque ellas hubieran estado excluidas del esplendor de aquel pasado, su deterioro también las afectaba. Yo escudriñaba en la oscuridad, miraba a través de los cristales polvorientos del sótano donde había estado el almacén, pero no se atisbaba nada. Así es siempre, me digo. Dicen cosas increíbles del pasado, pero no me sirven. Tampoco a mis tías les había servido.

A pesar de la clausura del almacén, la amplia familia Moraleda aún tenía cierto peso en la ciudad, aún contaba algo. Todos los apellidos estaban mezclados, se repetían, en diferentes lugares, en un buen número de familias. Nadie sabía bien cuáles eran exactamente los lazos de parentesco que unían a todas aquellas familias. En el refectorio del colegio, ocupaban toda una mesa, justo al lado de la mía, en la que yo no tenía hermanas ni primas, cercanas ni lejanas. Estaba sola en ese mundo cerrado y monótono, regido por pequeñas normas estrictas que había que cumplir escrupulosamente como si significaran mucho más de lo que eran, como si sólo fueran un ensayo de todas las normas que habríamos de observar en la vida que nos esperaba fuera de los muros del colegio. Estaba sola frente a las monjas y frente a las niñas.

Mi condición de hija única, que en casa no me llegaba a pesar, en el colegio era una clara desventaja. La familia Moraleda, tan amplia y numerosa, me resultaba antipática. Imaginaba que las ocupantes de su mesa se apoyaban unas a otras, que formaban una sociedad de ayudas mutuas. Estaban protegidas porque eran muchas, porque aún se hablaba de lo importante que había sido el almacén, aún quedaba allí, bajo sus viviendas, una prueba, aunque fuera en ruinas. Formaban un mundo aparte, un mundo dentro del mundo del colegio. ¿No habría ninguna brecha entre ellas? Un día vi a Maite, la más pequeña –por edad y por estatura– de la familia, en la esquina de la mesa, con los ojos llenos de lágrimas, frente a las rodajas de mortadela que llenaban su plato. Su prima Elena, la presidenta de mesa, la miraba, implacable. La mortadela era la comida que yo odiaba más. Cuando fui presidenta de mesa, sólo servía una rodaja en cada plato. Quedaba la mitad en la fuente. La sor que recogía las mesas nunca comentó nada.

Las tías de San Juan de Luz se habían escapado. Vivían al borde del mar en una ciudad que parecía de juguete. Nosotros teníamos desierto, viento helado en invierno, calor asfixiante en verano. Un río marrón detrás de la catedral. Tiendas en decadencia, casas oscuras, precariedad. Nunca me preguntaban qué tal me iba en el colegio. Las monjas no les interesaban. Tampoco los estudios. Les interesaba la vida social de la ciudad, de la que mi madre no sabía nada. Hojeaban las últimas páginas de los periódicos en busca de fotos de bailes y bodas. Murmuraban, movían la cabeza hacia los lados, desaprobándolo todo, los trajes pasados de moda, ese mundo tan pequeño, Dios mío, todas las familias emparentadas entre sí. Compadecían más o menos veladamente a mi madre. Nada veladamente, a su hermano Cosme. Se sentían satisfechas de sus vidas. Lo proclamaban en cada gesto, en sus risas, en sus neceseres estampados llenos de compartimentos y barras de labios, en sus maletas rebosantes de ropa.

2

El tío Cosme era el único hombre de mi familia materna. También para mi madre era digno de compasión. Se había casado con una mujer de salud muy frágil, la tía Inés. Sus hijos, mis cinco primos Azogue, venían a casa a pasar la tarde cuando su madre se encerraba en el dormitorio, presa de la jaqueca. La tía Inés pasaba muchos días sin salir del dormitorio. Era una reclusión voluntaria. Al cabo de los años, tuvo que ser encerrada en un manicomio. Había perdido completamente la cabeza.

No se llegó a pronunciar esa palabra, manicomio. Nadie explicó nada. La locura, que llevaba años cercándola, se había apoderado al fin de ella. El manicomio era el lugar donde acababan los locos, gente que decía y hacía cosas incongruentes, absurdas, como si algo les empujara a demostrar que no tenían nada que ver con las personas normales. Se escapaban, se perdían, te insultaban, hasta te podían pegar. Yo escuchaba en silencio los episodios de locura que prepararon el camino de la tía Inés al manicomio. Mi madre se los cuenta en susurros a mi padre, después de haberlos escuchado de labios de su hermano. Si estoy delante, aún bajan más la voz. Trato de descifrar sus palabras. Los locos me interesan.

Yo no tenía mucho trato con la tía Inés. Fue siempre una sombra. Cuando iba a su casa a pasar la tarde con mis primos, ella estaba sentada en una silla baja, frente al balcón del cuarto de estar, mirando hacia la calle. No tenía nada entre las manos. Ni una labor de punto ni unos trozos de tela para coser, la gran afición de mi madre, lo único que le gustaba de la casa porque no era exactamente de la casa. Me extrañaban las manos vacías de la tía Inés, esas manos desocupadas, posadas sobre la falda como si no fueran suyas. Parecía que alguien se las hubiera dado y ella no supiera bien qué hacer con ellas. Entre tanto, miraba hacia la calle, quizás para descubrir qué era lo que otras personas hacían con las manos, en qué las ocupaban.

Esbozaba una sonrisa débil. Más que sonrisa, un gesto, un leve saludo de bienvenida. Algo que me dice que aprueba que yo esté allí, en su casa, que no le molesta mi presencia. Y enseguida la dejábamos sola, aunque ese día no tuviera jaqueca. Sus hijos parecían haber llegado a la conclusión de que ella, con dolor o sin dolor, prefería estar sola. Mirando hacia la calle, sin nada entre las manos, se preparaba para la próxima jornada de jaqueca, siempre amenazante. La dejaban convalecer allí, en soledad. En la compañía silenciosa de Bola, la gran perra color canela, que a veces salía de su silencio con ronquidos y pequeños ladridos dentro de sus sueños. Siempre estaba a los pies de la tía Inés, echada, dormida o mirando desde muy lejos.

Cuando llegaba el tío Cosme, se sentaba en la otra silla junto al balcón. Encendía la pipa y abría el periódico, que leía despacio, de cabo a rabo, nada escapaba a su interés, estaba al tanto de las grandes y pequeñas noticias que llenaban las páginas color sepia del periódico. La tinta manchaba sus manos. Así se encontraban los dos, callados, pero en paz, como si eso les bastara, estar uno al lado del otro, Bola en medio, cuando al final de la tarde yo iba a la sala a despedirme. Me miraban un momento y enseguida apartaban los ojos de mí, como si algo les rondara en la cabeza y no quisieran decírmelo por no preocuparme, para mantenerme libre de las cargas que los adultos debían soportar.

No iba mucho a casa de mis primos Azogue. Quedaba lejos, no era una casa grande, no había en ella nada que la hiciera apetecible. Sólo el camino, la sensación de aventura que se sentía al atravesar la ciudad en tranvía, como si el viaje fuera a llevarme muy lejos, a un mundo desconocido lleno de sorpresas. Normalmente, eran los primos los que venían a casa. Aparecían con cualquier excusa. Nuestra casa tampoco era grande, pero estaba en el centro, muy cerca del Mercado Central. Las tías de San Juan de Luz siempre señalaban esa ventaja de nuestro piso. Estaba en el centro.

Del tío Cosme, decían: No ha tenido suerte. Ganaba muy poco dinero, vivía lejos, su casa era oscura y pequeña, su mujer estaba siempre enferma, tenía que sacar adelante a cinco hijos. El que peor suerte había tenido de todos los hermanos. El único hombre y el de peor suerte. Es un santo, decían, con una tristeza repentina, fugaz.

El banco donde trabajaba el tío Cosme estaba cerca de nuestra casa. Entre semana, venía a comer. Al salir de la oficina, a última hora de la tarde, también se pasaba por casa. Mi padre volvía mucho más tarde, siempre ocupado en mil asuntos, trabajos que se estaban iniciando o abandonando, negocios que prometían mucho y que luego se iban al traste. Siempre esa permanente búsqueda del trabajo que resolvería nuestra vida.

El tío Cosme contemplaba con escepticismo la lucha de mi padre. ¿De qué servía tanta ambición?, el mundo estaba lleno de casas oscuras y pequeñas, de mujeres con jaqueca, de hijos cuyas bocas había que llenar. Pero no parecía desilusionado, como si hubiera sabido siempre que la ambición es vana y que las metas materiales no proporcionan verdadera satisfacción. Yo escuchaba sus discursos sin entenderlos del todo. Quizás los habría entendido más si sólo se hubieran referido a sus hijos y a su mujer, a la vida que yo conocía. Pero el tío Cosme casi nunca hablaba de eso. Prefería las grandes cosas, las grandes teorías. El tío Cosme hablaba y hablaba. A veces, en susurros, como cuando hablaban mis padres entre ellos. Otras veces, se exaltaba, casi gritaba. Jamás por algo personal, nada que hiciera pensar que se quejaba de su suerte, de las enfermedades o del carácter de su mujer, de la rutina y mediocridad de su trabajo en el banco o de la responsabilidad que suponía tener que alimentar, vestir y dar educación a sus hijos. Alzaba la voz, insuflado de una especie de ardor mesiánico, y se lamentaba de las injusticias del mundo, sin acusar a nadie en concreto, sin señalar. Eran vaguedades, abstracciones que yo no podía descifrar.

Cuando su hermano se marchaba, mi madre se quedaba pensativa, sumida en preocupaciones que luego comunicaba a mi padre. Tampoco eso la ayudaba a ahuyentarlas, porque mi padre concluía esas confidencias con una frase tajante, que no resolvía nada.

–Es un moralista –decía, moviendo la cabeza hacia los lados.

Estaba claro que, para mi padre, ser moralista era algo inadecuado, absurdo, contraproducente. A mí se me escapaba el significado de la palabra.

–El deber de un hombre es abrirse camino en la vida –seguía mi padre, alzando un poco la voz, como mi tío un rato antes.

Le escuché al tío Cosme decir, refiriéndose a mi padre: Es un señorito. Mi madre no contestó. Me pareció que en ese silencio había algo. Mi madre no encontraba razones para rebatir a su hermano. Un señorito. No era un insulto, pero no resultaba adecuado para calificar a un padre, a un señor. El significado de este calificativo también se me escapaba. Sólo vislumbraba que entre mi padre y el tío Cosme había cierta distancia. No eran amigos, aunque estuvieran obligados a verse casi todos los días.

De toda la familia, mi padre era el más lejano, el que pasaba más tiempo fuera de casa. No me preocupaba esa lejanía. Apenas pensaba en mi padre ni en sus diferencias con el tío Cosme ni en el tío Cosme. Tampoco en mi madre ni en las tías de San Juan de Luz. Doy por sentado que son como son.

A veces, fantaseo con la idea de tener un hermano mayor, un chico capaz de protegerme, un aliado en el mundo desconocido de los adultos. Fantaseo también con la idea de tener una hermana pequeña, un ser frágil a quien proteger y dar seguridad y en cuya mirada se pudiera adivinar el brillo de la incondicionalidad, una certeza. Pero, a la vez, me gusta la idea de no tener hermanos, de estar sola allí, en el espacio que tengo dentro de la familia.

Es en el colegio donde más me pesa esta soledad. Pero encuentro ratos en los que me escapo de todo. En la capilla, me pierdo en elucubraciones casi místicas. Pensaba que eso era algo que les pasaba a todas las niñas hasta que un día me pregunté, con inquietud, si no sería una cosa tan normal. Me invadió la sospecha de ser distinta de las demás.

Rodeada de niñas de mi edad, mayores que yo, más pequeñas, siento que dentro de mí hay algo que me separa de las niñas y de las monjas, algo que discurre por su cuenta, que nadie ve, nadie sospecha. Tengo la visión de mí misma como si no me conociera desde dentro. Es algo que hago para intentar saber cómo soy. No tengo perspectiva, estoy perdida dentro de mí misma. Por eso doy el salto y trato de verme desde fuera, describo lo que hago, los pasos que doy de un lado para otro, con quién me encuentro, a quién miro, qué puedo sentir. Estoy en el mundo de mis compañeras de colegio como si fuera una de ellas. Otras veces, imagino historias que me apartan del mundo que me rodea. En ese mundo inventado, ya no importa no ser igual que los demás. Todos son diferentes, extraordinarios, allí.

Al final del día, llegará la larga y silenciosa hora del estudio. Mientras la monja vigilante va de un lado para otro para comprobar que los libros y los cuadernos están abiertos sobre los pupitres, que estamos, todas, haciendo los deberes o estudiando, estudio y hago los deberes antes de nada y me reservo los minutos finales para abandonarme a mis fantasías. Me libro del peso del tedio que ya se ha apoderado, un día más, de la sala de estudio. Ya impera el cansancio, la sensación de repetición, de acabar siempre allí, en un punto muerto, igual a sí mismo, que ya no pertenece a ese día sino a todos los días. Falta poco para el término de la jornada escolar, exacta a la de ayer, exacta, con toda seguridad, a la de mañana. Cuando la monja está lejos, apunto las cosas que se me ocurren en el bloc de notas, en letra muy pequeña, a lápiz, para aprovechar bien el espacio y no tener que pasar la página y también para que, en el caso de que alguien lo viera, no pudiera entenderlo. Son frases que se van encadenando mientras pasan al papel y que no son exactamente las que han ido dando vueltas en mi cabeza durante todo el día. Éste es el momento que llevo esperando, mi recompensa.

Algunas veces, estoy sola en medio de la calle. Sin mis padres, sin Felisa, sin mis primos, sin mis amigas. Tengo unas monedas en el bolsillo del abrigo –no sé de dónde han salido, lo más probable es que me las haya dado mi madre–, me acerco al puesto callejero de los frutos secos y los caramelos. Me hago con un cucurucho de chufas y un cartucho de chicles bazooka. Me voy comiendo muy despacio, una por una, las dulces chufas, que dejan restos imposibles de eliminar entre los dientes, luego viene la dureza del chicle, que consigo ablandar poco a poco. El intenso sabor a fresa se lleva el de las chufas. Me siento colmada. Nadie me vigila. Mi propia felicidad me causa extrañeza, ¿qué es lo que me hace tan feliz? Mi imaginación está dentro de mí, escondida. Es como una revelación, un camino que escojo.

3

A pesar de los descalificativos que mi padre le dedicaba al tío Cosme y de la preocupación que las dificultades de su vida provocaban en mi madre, el tío Cosme no me parecía del todo una persona digna de lástima. Es verdad que se lamentaba de la crueldad del mundo, y lo expresaba con pena e indignación, pero esos ratos de queja se evaporaban enseguida. Dejaban de contar para mí. Por encima de todo, el tío Cosme me parecía un hombre independiente, un hombre que iba un poco por libre. Era el marido de esa mujer enferma y ensimismada, la tía Inés, el padre de mis primos Azogue, que invadían mi casa muchas tardes de domingo, el hermano de mi madre, pero era algo más, mucho más. Se movía solo por la vida. Su familia no le pesaba. Parecía estar más ligado al banco que a su familia. Era del banco de donde salía cuando aparecía en casa, no de su piso lejano, más pequeño y oscuro que el nuestro. Era al banco adonde volvía después de comer. Por las noches regresaba a su casa, pero no inmediatamente. A veces iba a ver a su amigo Melchor Daroca, el guitarrista.

Me impresionaba que ese nombre que en el colegio se pronunciaba con tanto respeto, con reverencia, se correspondiera con el amigo de mi tío. Llegué a pensar que no se trataba de la misma persona. ¿Cómo podía ser que ese personaje de tanta fama, que daba clases de guitarra, clases particulares, en su casa, a las niñas que tenían el don de la música y la afición de la guitarra y padres dispuestos a pagar un dinero extra para cultivarlos, fuera la misma persona que vivía en nuestra calle, unos portales más abajo, y a quien mi tío visitaba un día sí y otro también?

De vez en cuando, Melchor Daroca daba un concierto en el Teatro Principal y mis padres acudían a verlo para luego comentar, admirados, que, aunque era famoso, aún se merecía más fama y más honores.

El tío Cosme me preguntó si quería acompañarle a visitar a su amigo. No había que andar mucho, era vecino nuestro, dijo. Puede que yo hubiera expresado alguna vez mi incredulidad de que alguien tan importante viviera tan cerca de nosotros, echando por tierra las categorías que conformaban mi mundo, haciendo que, contra todo pronóstico, el concepto de lo inasequible se tambaleara, sin previo aviso. Puede que el tío Cosme, al hacerme esa pregunta, estuviera pensando en pedirle a su amigo que me diera clases de guitarra. No lo sé. A lo mejor me daba miedo conocerle, traspasar esa barrera, saber quién era de verdad Melchor Daroca. Pero las fronteras se quebraron y todo se mezcló.

El portal de Melchor Daroca era más estrecho que el nuestro. El zaguán, más oscuro. No había ascensor. Olía a aire enrarecido, a moho, a un cuarto sin ventanas, a enfermedad. El tío Cosme me llevaba cogida de la mano, ya no tenía escapatoria. Sólo quedaba subir y subir, ¿dónde vivía Melchor Daroca?, ¿en la azotea?, ¿en una especie de campanario?, ¿en un palomar? En la buhardilla de nuestra casa se encontraba el taller de costura de Luisa Abelló, pero era un taller, allí no vivía nadie. Mucho menos, alguien que disfrutaba de tanta fama como Melchor Daroca. Porque tardé algún tiempo en saber que Luisa Abelló también era famosa. El tío Cosme y yo llegamos al final, donde se acababan las escaleras. En aquel pequeño descansillo sólo había una puerta estrecha. Mi tío presionó el timbre. Allí vivía el guitarrista, ese hombre que inspiraba tanta admiración.

El propio Melchor Daroca nos abrió la puerta. Ya no podía dudar. Lo había visto en fotografías y carteles, pero lo hubiera reconocido de cualquier forma. Era alto y fuerte. Parecía un marinero viejo, curtido por el viento de los mares remotos y por todos los peligros de la navegación. Enmarcado en la estrecha puerta de su casa, Melchor Daroca me pareció enorme y luminoso, con el color del sol en la piel y en el pelo. Vivía en aquel horrible lugar, ese cuchitril oscuro en el que apenas cabía, pero no estaba del todo allí, no pertenecía a ese mundo sino a otro, el de los escenarios, quién sabe a qué mundos más, dado el aire marítimo que lo envolvía como un halo y lo separaba de la penumbra de la buhardilla. El guitarrista, con toda su estatura, se movía por el cuarto, cuyo techo casi llegaba a rozar con la cabeza, con paso majestuoso, como si nos encontrásemos en un amplio y lujoso salón.

Melchor Daroca trajo algo de beber, quizás coñac, para ellos. A mí me sirvió un vaso de agua. El tío Cosme me señaló una silla. Nos sentamos los tres. Parecía una reunión secreta, masónica. Sentados en sillas bajas, en la penumbra, dibujábamos un triángulo. Encendieron sus cigarros, el cuarto se llenó de humo. Mi atención se distrajo. Sobre la pared de enfrente pendía una cortina, una manta parduzca colgada sobre un hueco alargado. Se movía, había vida allí, detrás de la cortina. Me pareció distinguir una voz, un gemido. Al principio, muy débil. De pronto, casi un grito. El guitarrista y mi tío estaban embebidos en su conversación y no oyeron nada. Otro gemido, menos fuerte, más largo, más ronco. Otro. Yo miraba la cortina con horror. Melchor Daroca me miró y siguió la dirección de mi mirada. Se levantó, suspirando, y desapareció tras la cortina.

–Es su madre –dijo el tío Cosme–. Está enferma. Ya no puede levantarse de la cama.

Oíamos hablar a Melchor Daroca al otro lado de la cortina. Se escuchaba, también, la otra voz, débil y quejumbrosa. El guitarrista reapareció y se dirigió hacia el rincón donde estaba la cocina en busca de algo, un vaso de agua, quizás una medicina. Volvió al cuarto del otro lado de la cortina y se quedó allí hasta que se hizo el silencio. Cuando se reunió de nuevo con nosotros, rellenó las copas de coñac.

–Voy a saludar a tu madre –dijo mi tío.

–No hace falta –dijo Melchor Daroca.

Pero mi tío se levantó y se dirigió hacia la cortina. La apartó y desapareció tras ella. Oí su voz, que se entrelazaba con la voz quejumbrosa. Melchor Daroca y yo nos hundimos en el silencio. Aterrorizada ante la absurda idea de que me obligaran a ir a ver a la anciana enferma, permanecí quieta, absolutamente inmóvil, con la vana intención de hacerme invisible. Cuando volvió mi tío, me levanté y me aferré a su mano, tirando de ella hacia la puerta. El tío Cosme me miró con una leve sonrisa y se despidió.

Recorrimos, callados, el trecho de la calle que separaba los dos portales y me dejó allí, en el umbral del mío, con un leve gesto de adiós.

4

Cada vez que alguien pronunciaba el nombre de Melchor Daroca, me acordaba de aquellos gemidos. Imaginaba la cortina oscura que temblaba ligeramente. Respiraba ese olor. Había traspasado la frontera que delimitaba la vida privada del gran artista. Había conocido su angosto mundo en penumbra, quizás la razón de que no se moviera por el ancho mundo dando recitales y recibiendo los honores que se merecía.

Habría preferido que las cosas se hubieran quedado así, que aquella visita a la buhardilla de Melchor Daroca hubiese sido mi única incursión en su vida, pero el tío Cosme, sin duda porque pensó que eso complacería a mi madre, tuvo una brillante idea: le pediría a su amigo que me diera clases de guitarra. A un precio especial, por supuesto. Tan especial que, se sobreentendía, era nada.

Ni mis padres ni mi tío me preguntaron mi opinión. Ni yo tenía aptitudes para la música, ni remotamente me atraía la posibilidad de aprender a tocar la guitarra ni, sobre todo, me apetecía acudir a la buhardilla de Melchor Daroca para recibir las lecciones. Pero el caso parecía resuelto. El tío Cosme nos dijo que la iniciativa había partido del propio Melchor Daroca, pero nadie le creyó. Me dije que, probablemente, mi tío me había llevado, días atrás, a visitar a su amigo para ver qué le parecía yo a él, porque todo el mundo sabía que Melchor Daroca sólo aceptaba como alumnos a los candidatos que, por una u otra razón, le caían bien. Se decía que había rechazado a gente con mucho dinero e incluso con cierta disposición para comprender el complicado lenguaje musical, sólo por eso, porque a lo largo de la entrevista previa el candidato había metido la pata. Como Melchor Daroca nunca daba muchas explicaciones de su rechazo –sólo decía que de momento no disponía de horas libres–, no se sabía cuáles eran sus normas, pero estaba claro que eran muy estrictas. Estábamos de suerte, ese hombre arbitrario me había aceptado como alumna.

Durante todo un invierno, a la salida del colegio, yo había ido, dos veces por semana, a la buhardilla de Melchor Daroca, ¡tanto como deseaba encontrarme en casa, después de la larguísima jornada escolar, y me tenía que quedar allí, a unos pasos de la meta! Mi admiración por el tío Cosme dio paso a cierto resentimiento.

Melchor Daroca me abría la puerta casi sin saludarme, hacía un leve gesto con la mano, como para decirme que lo siguiera, y nos instalábamos en el mismo lugar donde habíamos estado sentados el tío Cosme, él y yo en mi primera e inocente visita a su buhardilla. No había, en realidad, otro lugar. Desde allí se podían observar las cortinas parduzcas. Eran más de una. Enfrente, la del cuarto donde dormitaba la madre enferma, a la derecha, las que daban a la cocina y al baño, oscuros, minúsculos, ¿dónde dormiría Melchor Daroca?

En aquel cuarto transcurría el tiempo de las lecciones. Los dedos se me iban poniendo rígidos, agarrotados, sobre las cuerdas. Era incapaz de coordinar los movimientos de una mano con los de la otra. No conseguía arrancar de las cuerdas de la guitarra una nota que sonara redonda. Todas se quedaban por el camino. Por mucho empeño que pusiera, por mucho que mirara hacia los dedos del guitarrista y tratara de imitar su posición, las cuerdas, luego, no vibraban como las suyas. Pero Melchor Daroca nunca se llegó a enfadar. Sólo fruncía el ceño y suspiraba. Tampoco sonreía, nunca le vi sonreír.

Un día, después de un nuevo error mío –si es que podía llamarse error a algo que respondía a mi evidente incapacidad para asimilar los más elementales principios de la guitarra–, se me quedó mirando y, tras un momento de silencio que se me hizo eterno, dijo:

–Eres una niña muy callada.

Nada más. Quizás esperaba que, como reacción, yo dijera algo, pero no despegué los labios. Sus palabras me parecieron un reproche, una acusación. Me dejaron indefensa, precisamente porque su voz no acusaba enfado. Habían sido pronunciadas en un tono muy extraño, como si hubieran sido el producto de una larga meditación. Me sentí como quien es sorprendido, justo cuando no está haciendo nada, en mitad de una espantosa acción reprobable que hay que enmendar a toda costa. ¿Quién era él para opinar sobre mí?, ¿por qué tenía yo que hablar?, ¿no se daba cuenta de que todo aquello no me interesaba nada, que era casi una tortura para mí, y que lo único que deseaba, en el mismo momento en que empezaba la clase, era que terminara cuanto antes? Sentí rabia y ganas de llorar y de marcharme, pero me callé.

De regreso a casa, en el corto trayecto que separaba su buhardilla de nuestro piso, no podía desprenderme de la frase. Eres una niña muy callada. Con mi silencio, le había dado la razón.

No hacía ningún progreso en mis clases de guitarra, pero nadie parecía darse cuenta. A fin de curso, Melchor Daroca llevaba a sus alumnos al estrado del Teatro Principal. Era un acto que se celebraba todos los años. Yo hubiera preferido no ir, pero no había opción. Mi profesor no lo cuestionaba. Yo estaría allí, formando parte del amplio plantel del alumnos que, sentados en sillas de tijera, se inclinaban sobre las guitarras, alrededor de Melchor Daroca.

Durante el último mes dedicamos todas las clases al ensayo de «Juegos prohibidos», la pieza musical que, año tras año, se interpretaba en el Teatro Principal. En la buhardilla, el calor resultaba insoportable. Las notas que salían de la guitarra de Melchor Daroca llenaban el aire. A pesar del calor, no podía dejar de maravillarme de la perfección de aquellas notas. En casa, seguía ensayando. Mi madre decía: ¡Qué difícil!, ¿a quién se le ocurre enseñar a tocar la guitarra empezando con una pieza tan difícil? Así era Melchor Daroca, un ser arbitrario.

Me senté en mi silla de tijera en el estrado del Teatro Principal. Tenía doce años. En lugar de hacerme trenzas, mi madre me había recogido el pelo con lazos azules. Dos cascadas sobre los hombros. Intento seguir el ritmo que marcan las poderosas manos de Melchor Daroca. Las notas de su guitarra suenan rotundas, por encima de las nuestras. Me pierdo enseguida, al principio de todo, como me sucede con las voces del coro del colegio. Mis dedos tratan de realizar todos los movimientos, de seguir todos los pasos. Estaba sentada en la segunda fila. En la primera, estaban los mejores alumnos. Pensé que nadie me podría ver.

No quería seguir recibiendo clases de guitarra. Se lo dije a mis padres. No recuerdo habérselo dicho al tío Cosme. No volví a la buhardilla de Melchor Daroca. A partir de ese día, pasaba muy deprisa por delante de su portal.

De vez en cuando, la frase que había pronunciado el guitarrista –Eres una niña muy callada– se me reproducía, como un eco que no puede extinguirse, dentro de la cabeza. Quizás Melchor Daroca había esperado algo de mí, que le dijera algo, lo que fuera. Tenía una amplia experiencia como profesor, conocía muchas clases de niñas, no todas con capacidad para tocar bien la guitarra, pero yo le había parecido muy callada, más callada que ninguna otra. Yo había sido distinta para él, ¿habría visto algo en mí?, quizás había intuido que mi silencio estaba poblado de fantasías. Recordaba el tono de su voz, como si saliera de un lugar muy profundo, no de donde salen las palabras que se dicen por decir. Quizás había querido comunicarme algo. Se fue destacando, en el recuerdo, su actitud paciente, el gesto imperturbable de su cabeza, inclinada sobre la guitarra, los movimientos seguros y precisos de sus manos abrazándola, de sus dedos al presionar las cuerdas. Siempre la misma voz al saludarme, al decirme adiós. Sin enfadarse nunca. Desde su silencio, se había extrañado del mío.

5

A la caída de la tarde, de regreso del colegio, deambulo por el pasillo de mi casa. Mi madre y el tío Cosme hablan en susurros en el cuarto de estar. Espío su conversación. Por rutina y por curiosidad, porque no tengo nada mejor que hacer.

El tío Cosme habla de la envidia. No se trata ya de la pluma Parker de la compañera de pupitre, de sus zapatos lustrosos o de sus largas trenzas doradas, la envidia no es sólo el deseo de poseer los pequeños objetos de nuestros vecinos. Va más allá, lo abarca todo. Es amargura. Ésta es la diferencia entre mi madre y el tío Cosme. Mi madre está libre de amargura. El tío Cosme lucha, la teme, la lleva dentro.

Mi madre, cuando habla de lo que los otros consiguen, emplea un tono de admiración. Sobre todo, de sorpresa. La vida presenta demasiadas dificultades. Para su carácter pasivo, casi insalvables. «No soy así», «Yo no podría» son frases que caen con frecuencia de los labios de mi madre. Tampoco se rinde ante los triunfadores. Se resiste a juzgar. Si alaba demasiado a los que triunfan, todos los demás, los que luchan un poco inútilmente, sin conseguir resultados palpables, pueden sentirse ofendidos.

No entiende la maldad. No cree en ella. Siempre encuentra –o da por hecho que existe, aunque no la lleguemos a conocer– una explicación para los comportamientos que otros condenan. La clave está en las dificultades de la vida. Mi madre no sigue hablando, se detiene aquí, en esta frase o en una parecida. Eso le basta, es absurdo intentar indagar más.

Estoy en el pasillo, un día de invierno. Ya me he desprendido del uniforme, llevo ropa de estar en casa. Entre los susurros de mi madre y el tío Cosme se destaca algo. Están hablando de mí. De mí y del colegio. De la matrícula del colegio.

–Esto es lo que me compensa de todo –dice mi madre–, lo que me sostiene en los momentos difíciles: la educación que recibe en el colegio.

Me pareció que le estaba dando al colegio una importancia excesiva, incluso me molestó, como si eso me quitara méritos a mí. Seguí a la escucha, detenida en medio del pasillo.

–¡Con lo caro que es! –sigue mi madre–. Desde luego, no hubiéramos podido pagarlo.

Eran frases incomprensibles. Nunca me había planteado que el colegio fuese demasiado caro para nosotros. Yo sabía dónde vivían algunas niñas, en casas mejores que la mía, la familia Moraleda, por ejemplo, en el número cuatro de la cuesta de la Bodega Alta, una casa llena de balcones y miradores. Pero ¿quién sabía dónde vivían las otras? Eran muy pocas las que tenían pluma estilográfica y cuadernos de tapas de cuadros escoceses comprados en Francia. Yo misma, gracias a las tías de San Juan de Luz, tenía siempre uno de esos cuadernos. Eran muy pocas las que llevaban el uniforme impecablemente planchado y cepillado y los zapatos siempre nuevos y relucientes. Por detrás de mí, con un uniforme más gastado que el mío y zapatos y abrigo más deslucidos, había algunas niñas más.

Y muy por debajo de todas nosotras estaban las niñas de la escuela. Al fondo del jardín, en un par de naves alargadas de techo bajo pero muy luminosas, estaba la escuela. Las niñas de la escuela no llevaban uniforme sino una bata blanca sobre la ropa de calle, jerseys y faldas de telas bastas y colores chillones. Eran pobres y no pagaban nada. Las naves al fondo del jardín eran un territorio incómodo para nosotras. Nos recordaban nuestros privilegios, nuestra superioridad. Algunas monjas se complacían en recordárnoslo. Decían: Es una vergüenza que ustedes no aprovechen las enseñanzas que otras niñas no se pueden pagar. La educación para ellas es un verdadero tesoro, jamás lo dilapidan. No era del todo cierto, también en la escuela había niñas difíciles. Las monjas querían que nos sintiéramos culpables.

El mundo del colegio y el de la escuela, claramente diferenciados, lejos el uno del otro, se mezclaban una vez al año, en la entrega de los regalos de Navidad. En el salón de actos adornado con jarrones llenos de flores, ante la mirada remota de la madre superiora, a quien acompañaba la plana mayor de las monjas, las alumnas del colegio hacíamos entrega a las de la escuela de una pila de regalos. Ropa de abrigo, mantas, jerseys, bufandas. Las niñas de la escuela abandonaban el salón con la pila de ropa que, minutos antes, habían sostenido nuestras manos. Nosotras salíamos con las manos vacías, enguantadas de blanco, entrelazadas por detrás. Las manos desnudas, un poco enrojecidas, de las niñas de la escuela ocupaban el lugar donde habían estado las nuestras. No nos miramos a los ojos. En el intercambio, sólo miramos las manos, las manos blancas y las manos desnudas. Mientras suena la música, mientras la madre superiora desgrana sus palabras de siempre, nos espiamos unas a otras con disimulo. Así empieza la Navidad.

A la hora de la cena, en el comedor, les pregunté a mis padres qué pasaba con el pago del colegio, por qué mi madre estaba tan agradecida, a quién. Me miraron, sin entenderme. ¿Qué importaba si el colegio se pagara o no?, ¿qué diferencia podía haber?, yo recibía la misma educación que las demás niñas, eso era lo que importaba. Mi matrícula era gratuita, pero tenía el mismo valor que las otras. El colegio concedía un puñado de matrículas gratuitas –se llamaban becas– a alumnas que no podían pagarlas. No era yo la única niña del colegio que disfrutaba de esa suerte. Mis padres no sabían quiénes eran las otras, del mismo modo que nadie sabía que yo era una de las beneficiadas. Se trataba de algo secreto.

Mi certeza se tambaleó. Yo pertenecía al mundo del colegio por casualidad. Ése era mi mundo de verdad: las naves al fondo del jardín, la bata blanca, las manos siempre desnudas. Los regalos de Navidad. Salgo del salón de actos con la manta tosca entre mis brazos, apretada contra mi cuerpo, avergonzada, humillada, sin querer mirar la horrible ropa plegada que está encima de la manta oscura. Ésta es mi fantasía, mi pesadilla. Aunque mis padres no hubieran podido enviarme al colegio, jamás me habrían enviado a la escuela, me digo. Quisiera que me lo juraran, aunque no sirviera de nada. Al final, como disculpándose, dijeron que todo el asunto había sido idea de Carmen Gómez Moraleda. Sí, le debían a Carmen ese favor.

Carmen era profesora de literatura y francés en el colegio. Era pariente lejana de los Moraleda del almacén y una de las pocas profesoras externas del colegio. Siempre había sentido sobre mí su sombra protectora. Las asignaturas de literatura y de francés eran mis preferidas. En ellas obtenía mis mejores calificaciones. Ésta no era la razón de su simpatía, supe entonces. Su simpatía existía desde antes de conocerme. La madre de Carmen había sido muy amiga de la tía abuela Herminia. Habían sido compañeras de juegos en la plaza de los Archivos. Inseparables. La muerte de la tía abuela Herminia, a quien yo no había llegado a conocer, había dejado a la madre de Carmen prácticamente aislada del mundo, porque, fuera de la amistad que tenía con ella, no se trataba con nadie.

Conocí el secreto y deseé no haberlo conocido, no haber espiado las conversaciones de los adultos. En el colegio, evitaba la mirada de Carmen. Cuando la vislumbraba al final de un pasillo, miraba hacia otro lado. Andaba muy deprisa, encerrada dentro de mí misma.

En las clases, Carmen seguía dirigiéndose a mí con la mirada impregnada de aprobación, incluso de simpatía, pero fuera de las aulas me ignoraba. Puede que percibiera que yo la evitaba, que había pasado algo.

Las monjas no me dieron nunca la menor señal de conocer el secreto. Si alguna lo conocía, no le concedía importancia. Con una excepción. La madre Pedrosa, la supervisora de los estudios, la que tenía el control de todo. Me dijo:

–Sé que usted puede dar más de sí, precisamente a usted hay que exigirle más, ya lo sabe.

Un encuentro fortuito por el pasillo. Aunque se me hubiera ocurrido algo que replicarle a la madre Pedrosa, habría tenido que callármelo. No se podía responder a las palabras de las monjas, a no ser que te hicieran una pregunta. En ese caso, había que contestar de forma obligatoria. No hacerlo era declararse en rebeldía.

Aquel comentario de la madre Pedrosa estaba dirigido a hacerme daño. No se ajustaba a la realidad. Yo sacaba muy buenas notas, estaba segura de que ninguna de mis profesoras, monjas o semimonjas, tenía quejas de mí. Me gustaba el tiempo de las clases, me gustaba la larga hora silenciosa que dedicábamos al estudio y en la que tenía tiempo para hacer los deberes, estudiar e imaginar todas las cosas que quisiera sin que nadie me molestara. Si de verdad hubiera existido un problema conmigo, la madre Pedrosa me habría llamado a su despacho. Pero ella, en medio del pasillo, sin muchas contemplaciones, había medido muy bien sus palabras. La frase «usted puede dar más de sí» era lo bastante vaga como para no comprometer a nadie. Apelaba sólo a mi conciencia. El «precisamente a usted» me singularizaba. En aquellos minutos, se creó un lazo incómodo, cómplice, entre nosotras. Sus palabras cayeron sobre mi secreto, levantaron a mi alrededor una polvareda de vergüenza.

No volvió a suceder nada parecido. La madre Pedrosa no tardó en ser trasladada a otra sede. Todas respiramos con alivio. Las alumnas que habían sido convocadas a su despacho la temían. Sus reproches y recriminaciones venían siempre envueltos en un tono hiriente, vengativo. Su marcha supuso una liberación para todas las alumnas. Probablemente, también para las monjas.

6

Carmen no era monja, pero se pasaba el día en el colegio. Pertenecía a la categoría de las semimonjas.

Las semimonjas eran seres fantasmales, al borde de la no existencia. Habrían querido pertenecer de forma plena al mundo del colegio, ser tan monjas como las otras, vivir en el ala de clausura, vestir hábito, renunciar a los ruidos y vanidades del mundo exterior, pero por una u otra razón se habían quedado fuera, muy cerca. Las alumnas mirábamos hacia la puerta por la que se accedía a la clausura con curiosidad. Las semimonjas, con nostalgia. Ese territorio prohibido habría debido ser el suyo. Sólo las monjas podían entrar en él. Ni siquiera el médico. Si las monjas caían enfermas, se utilizaba una sala especial, justo a la entrada de la clausura. El médico no podía ir más allá. Tampoco el capellán. Tan sólo para dar la extremaunción, el sacramento de la muerte.

El mundo de las monjas era completamente autónomo. Había monjas de todas clases, monjas alegres y monjas malhumoradas, pero incluso éstas parecían satisfechas de haber tomado la decisión de vivir separadas del mundo exterior. Todas nos miraban desde arriba. Las semimonjas se habían quedado fuera, con todos los demás, sin ser como los demás. Eran más vulnerables.

Carmen estaba emparentada con los Moraleda del almacén. Pertenecía a una rama de la familia que no se trataba con las otras. Dentro del seno de la amplia familia, se habían efectuado varios matrimonios, lo que había hecho que los parentescos aún se hubieran ampliado y complicado más. Las monjas siempre se equivocaban con los padres de unas y otras alumnas y se quedaban muy asombradas cuando ellas les sacaban de su error. Alguna vez, ni siquiera las creían. Las monjas estaban convencidas de su propia verdad. La familia de Carmen no vivía en el edificio Moraleda, sino en la plaza de los Archivos, en una casa enorme, una especie de palacio. Sus padres eran muy ricos. No estaban arruinados, como los Moraleda. Por alguna oscura razón, habían roto con ellos.

Durante dos cursos, antes del examen de reválida, Carmen me dio clases de literatura y de francés. Tenía una mirada soñadora, habitada por los libros que siempre llevaba entre las manos, por los personajes que se paseaban por ellos y por los autores que los habían concebido. Ponía tanta pasión en las clases que las manos le temblaban y los ojos se le llenaban de lágrimas. En el fondo de todo, palpitaba una frustrada vocación literaria. Eran dos, entonces, las vocaciones frustradas de Carmen Gómez Moraleda, la conventual y la literaria. Carmen se volcaba en las clases de literatura. Quizás por eso, ya fuera por petición propia, por prescripción médica o por decisión de la encargada de estudios, la madre Pedrosa o quien fuera, dejó de darlas. Después, sólo enseñó francés. Fue mi profesora de francés hasta que dejé el colegio. En las clases, Carmen encontraba siempre ocasión de mencionar a sus dos héroes, sus dos grandes pasiones: Antoine de Saint-Exupéry y Marcel

Proust. Se emocionaba, las lágrimas desbordaban sus ojos. Carmen se las enjugaba con un pañuelo impecablemente blanco que aparecía de pronto en su mano. Luego lo guardaba en la manga de su chaqueta de punto, suspirando.

Carmen Gómez Moraleda, Teresa Arístide y Pilar Crespo, éstas eran las semimonjas, los seres fantasmales que recorrían los inacabables pasillos encerados del colegio con ese andar indeciso, inseguro, que las caracterizaba. Profesoras de francés, de música y de física. Las monjas no las habían admitido, pero les habían hecho un hueco. Eran parecidas, fantasmales y vulnerables las tres, y muy distintas unas de otras.

Teresa no tenía la sensibilidad de Carmen. No miraba a los ojos. Puede que no viera bien. Su mirada jamás te abarcaba. Pasaba por encima de ti, vagaba.

Se encargaba de las clases de música. Las que estudiábamos bachillerato no teníamos tiempo para la música. La música, la cocina y los trabajos manuales estaban reservados al grupo de alumnas que no habían logrado seguir el ritmo de los cursos. Habían ido repitiendo un curso tras otro y finalmente habían ido a parar al extraño saco roto que se llamaba Hogar. El Hogar era para las desahuciadas. Las monjas ya no sabían qué hacer con estas niñas, las familias no estaban dispuestas a sacarlas del colegio. Algo había que hacer con ellas. Inventaron esta categoría, Hogar, improvisaron cursos para tenerlas entretenidas y justificar el dinero de la matrícula. Música, cocina, trabajos manuales... Al fin, se casarían y serían buenas amas de casa. Un objetivo muy razonable. Sin embargo, el grupo de las alumnas de Hogar era mirado con menosprecio. La palabra Hogar, más aún, la frase «las de Hogar» era pronunciada como algo molesto, de categoría inferior, algo que no hubiera debido existir.

La tarea de Teresa se desarrollaba en este mundo de segunda. La profesora de música era una mujer etérea, como la materia que trataba de enseñar. Aún tenía un aire adolescente. El cuerpo le pesaba, lo arrastraba con esfuerzo, como si no fuera suyo. Corría el rumor de que no era del todo normal. Teresa vagaba por los interminables pasillos del colegio como vagan los fantasmas por sus castillos, dueños de ellos, condenados a vivir siempre allí. ¿De dónde venía?, de otra casa –imaginábamos–, también llena de pasillos, de un extraño lugar habitado por fantasmas que se cruzaban sin hablarse, con una sonrisa enigmática, desconcertante en los labios. Teresa hablaba muy poco, movía mucho las manos las pocas veces que hablaba, siguiendo el ritmo de las palabras. Sonreía siempre, pero no de felicidad. Simplemente, sonreía.

Pilar Crespo era la más inteligente de todas. Tenía a su cargo la asignatura de física. Como para probar que la inteligencia está reñida con la belleza, Pilar era la más fea de las tres semimonjas. Lo sabía, vivía bajo el peso de esa condena. Andaba deprisa por los pasillos, encorvada, sin mirar a nadie. Huía. En clase, se transformaba. Emanaba autoridad, las alumnas la respetaban. Algunas la admiraban fervientemente. Sus ojos brillaban, pequeños, incisivos, llenos de inteligencia, de pasión por la física, su asignatura. Sabía mucho de física y casi de cualquier cosa. Era la semimonja favorita de las monjas. Andaban siempre consultándole una cosa u otra. Pilar desaparecía por temporadas. Caía enferma, nunca se supo de qué enfermedad. Al cabo, regresaba, más ojerosa y desgarbada que nunca. Más centrada que nunca en los problemas de la física, lo único que conseguía reavivar la llama diminuta que se guardaba en el fondo de sus ojos.

La vi por la calle, un domingo. Yo iba a misa con mis padres. Pasó a nuestro lado, sin mirarnos. Iba sola, envuelta en un abrigo color tabaco, una bufanda marrón alrededor del cuello. El pelo, como siempre, recogido en cola de caballo, un pelo rubio oscuro, sin brillo. Se lo dije a mis padres cuando ya no podían verla aunque volvieran la cabeza, ya tenía que haber llegado al extremo de la calle del Príncipe y doblado por la Gran Vía. Era Pilar Crespo, dije, la profesora de física. Mi padre había conocido a su hermano Ricardo. Habían hecho la guerra juntos, en el mismo regimiento. Un chico muy alegre, falangista. Enfermo de tuberculosis, había muerto.

Me distraje durante la misa. Era como si, al cruzarnos por la calle con Pilar, hubiéramos accedido fugazmente a la parte de su vida que no debiéramos conocer. Su vida fuera del colegio, su secreto. En la calle, ella seguía siendo la misma. La misma cara arrebolada, los hombros hundidos, la mirada clavada en el suelo. Pero la calle no era el pasillo del colegio. No tenía ninguna protección allí. Fuera del colegio, las semimonjas tenían que tener su vida, sus idas y venidas por las calles, los pisos donde vivían, las familias. Hermanos muertos, hermanos vivos, padres, tíos. Pilar, Teresa y Carmen, las tres. ¿Quién conocía las causas de sus extrañas vidas? Un halo de tristeza, de mala suerte, las envolvía. Eran preguntas que se disolvían enseguida. Daban paso a otras sobre el mundo que nos aguardaba, una vida que no se quedaría ahí, en el espacio intermedio de la vida que ocupaban las semimonjas, ese espacio impregnado de aire desdichado.

Como la ropa que vestían. Faldas hasta el tobillo y

blusas camiseras. Chaqueta de punto en invierno y blusa de manga corta en verano. Colores pardos o cremas. El objetivo, no llamar la atención, pasar lo más desapercibidas posible. Nunca llevaban algo de colores vivos, azul, rojo, verde, amarillo. Tampoco iban de negro, demasiado grave y solemne, privativo de las monjas. Estaban instaladas, en todos los sentidos, en el espacio intermedio.

7

En el universo casi totalmente femenino del colegio –la única excepción era don Pancredes, que venía a diario a celebrar misa–, irrumpió otro hombre, don Rafael Casas, el profesor de matemáticas. Un hombre vestido de calle. Resultaba extraño verlo por el pasillo, una figura oscura, unas piernas enfundadas en pantalones, una cartera de cuero pendiendo de su mano. Más extraño aún, verlo en el aula, sobre la tarima, al otro lado de la mesa o escribiendo números en la pizarra, manchándose la chaqueta desprotegida, sin guardapolvo. Luego se la sacudía un poco, como si no le importaran demasiado las manchas de tiza, las nubes blancas que se posaban aquí y allá sobre las mangas, sobre las solapas. Ya se la cepillaría en casa.

La voz de don Rafael era ronca y grave, pero de pronto se debilitaba, se perdía. Se convertía en una voz llena de desánimo, la proclamación de un estado de desaliento. Allí, en medio de la clase. Quieto, frente a la pizarra. Nos mira sin vernos. Las cifras, los algoritmos, las circunferencias de los conjuntos que se interseccionan o se tocan de manera tangencial o se incluyen unas en otras o no se tocan en absoluto... Todo eso desaparece. Sólo está la decepción de don Rafael. Murmura algo que no se entiende, una frase enigmática, como si hubiera sido dicha en otro idioma, quizás en latín. Distanciado de nosotras, refugiado en palabras indescifrables.

Quizás aquel murmullo resumía su estado de ánimo o le sirviera para espantarlo como si fuese un conjuro. Pronunciaba sus palabras en latín o en griego, a saber en qué lengua. Un segundo después, todo volvía a su curso. Se vislumbraba el drama. Nadie se reía de don Rafael. Si alguna de las alumnas tuvo la tentación de hacerlo, la pudo controlar. No hubiera sido secundada por el resto. Con don Rafael se hacía esa excepción. Con las monjas y las semimonjas, nunca.

Algunas monjas no conseguían imponer su autoridad. Durante la larga hora que duraba la clase, miraban constantemente el reloj que habían dejado sobre la mesa –el único lujo que les estaba permitido, tener reloj de bolsillo, todos iguales, y lo trataban con tanto cuidado que parecía una joya extraordinaria en sus manos huesudas y ásperas–, entre los murmullos de las niñas, una risa aquí, un comentario demasiado alto desde el fondo, el desagradable chirrido de la silla, la tapa del pupitre al caer, la tiza que no se encuentra, el borrador que patina sobre la pizarra. La monja tartamudea, no le sale bien la voz, le sudan las manos, le arden las mejillas. Las superioras sometían a las monjas a estas pruebas. No todas las monjas estaban capacitadas para dirigir las clases. Las que no servían, eran apartadas de la enseñanza y acababan siendo relegadas a labores menos importantes. El colegio estaba centrado en la educación, ésa era la prioridad. En el noviciado las preparaban para eso. El fracaso no estaba previsto. A veces, sucedía. Algunas niñas parecían empeñadas en echar por tierra toda esa preparación, socavar la autoridad, buscar la debilidad de la monja, su talón de Aquiles, hundirla. Las monjas, muy jóvenes, aún inseguras, pasaban por momentos muy difíciles. La mayoría se sobreponía, pero algunas de ellas no conseguían borrar de sus ojos el punto de rencor, frustración y desengaño que les había dejado esa primera batalla con las alumnas.

Si una monja se hubiera comportado como don Rafael, si de pronto su voz se hubiera debilitado hasta casi desaparecer, se habría producido un gran alboroto. La clase se habría tenido que cancelar. Pero el caso de don Rafael era singular. Se trataba de un hombre, el único profesor que había en el colegio, ya que don Pancredes no daba clases. De don Rafael no se hablaba jamás. Era un acuerdo tácito, impuesto por las monjas y seguido fielmente por nosotras. Tener a un hombre dentro de las aulas era algo extraordinario. Más valía callar, no agitar el aire a su alrededor. Era un equilibrio demasiado frágil.

Las monjas habían tenido que recurrir a él porque en los últimos tiempos las matemáticas habían cambiado mucho y no habían encontrado a ninguna mujer, monja o semimonja, que estuviera al tanto de las novedades. Fue la teoría de los conjuntos, con aquellos círculos que llenaban la pizarra, unas veces unos dentro de otros, otras, flotando sin tocarse o tocándose de forma tangencial o chocando ya claramente entre ellos, metiéndose unos en el espacio de otros, en intersecciones de todas las clases y tamaños, lo que nos trajo al colegio a don Rafael, el único profesor varón.

Ser el único hombre entre tanta mujer –si prescindimos del capellán– podía tener sus consecuencias. Sus alumnas estábamos en la edad de enamorarnos. ¿Qué pensaban mis compañeras?, ¿habría alguna que se hubiera enamorado secretamente de él, alguna en la que él se hubiera fijado del mismo modo silencioso y secreto, alguna que le conmoviera sin que él pudiera hacer nada por evitarlo?, ¿existía, delante de todos los ojos, sin que nadie lo viera, un amor apasionado, oculto, nunca declarado?

Mis sospechas no se encaminaban hacia el lado de las alumnas, sino hacia el de las profesoras. Hacia el lado de las semimonjas. Las monjas ya habían hecho sus votos y no tenían ojos para el mundo exterior. Estaban siempre muy ocupadas, entre las clases, los rezos y quién sabe qué penitencias. Apenas miraban a don Rafael. Si, por lo que fuere, porque no tenían más remedio, tenían que mirarle, le dedicaban una mirada un poco furtiva, una ojeada, y apartaban los ojos enseguida, generalmente, hacia abajo. Las monjas quedaban fuera de juego. Pero las semimonjas, Carmen, Teresa y Pilar, hablaban algunas veces con él. Más de una vez vi a don Rafael detenido en la puerta del aula, en breve conversación con alguna de ellas. Pudiera ser que él, entre tanta hosquedad, buscara su compañía, por fugaz que fuese, sólo para cambiar impresiones. Tenía que sentirse como un bicho raro. A fin de cuentas, las semimonjas eran personas, profesoras con quienes poder tener cosas en común. Se producían encuentros casuales a la puerta del aula. Breves, rápidas conversaciones, propias de los profesores, que siempre andan recorriendo los pasillos, de un aula a otra.

Sin embargo, quién sabe. Quizás hubo algo más. Con quien con más frecuencia hablaba don Rafael era con Teresa, la profesora que, en principio, tenía menos conversación. Nadie hablaba con Teresa, que siempre miraba hacia el infinito. No sé si existió algo de verdad entre don Rafael y Teresa Arístide. Algo de verdad, por pequeño que fuese.

8

Durante las clases de don Rafael había siempre, al fondo del aula, una monja. Estaba allí, sentada en una silla dispuesta en un rincón, desde el primer día. La presencia muda de la monja nos recordaba constantemente que don Rafael era el único hombre en traje de calle que tenía acceso al colegio, el único que podía recorrer los largos pasillos encerados y andar por ahí con cierto aire de propiedad, el único que entraba en un aula y podía dirigirse a nosotras. Tenía ese permiso, ese privilegio, pero de ningún modo podía quedarse a solas con nosotras. Allí estaba, en el rincón del fondo, la monja vigilante, que permanecía impasible durante la larga hora que duraban las clases. Mirando a su alrededor con expresión vacía. No era una monja de las más conocidas, las que nos daban clase. Era una monja a quien apenas conocíamos, una monja sin virtudes ni habilidades especiales. Y sin edad. Sin edad, como todas las monjas.

A nosotras, acostumbradas a las excentricidades de las monjas, esa vigilancia no nos podía extrañar, pero don Rafael, según supimos, había protestado. La vigilancia de la monja, por muy callada y pasiva que fuese, ponía en cuesción sus intenciones, resultaba ofensiva para él. Pero las monjas le dijeron, en una respuesta que quizás improvisaron pero que tenía todo el aspecto de haber sido ampliamente meditada y que, en todo caso, resultaba irrebatible, que la monja no estaba allí para vigilar, sino para aprender, para sacar partido de las clases de matemáticas. La monja, al cabo de los días, llevaba entre las manos un cuaderno en el que anotaba no se sabe qué cosas.

Todo lo que don Rafael podía hacer era mirar hacia el rincón donde se encontraba la monja con un brillo burlón en los ojos. Y más de una vez dejó caer algún comentario sobre la inutilidad de ciertas labores de vigilancia, la excesiva precaución, la estupidez de determinadas normas.

Nos habíamos acostumbrado a la monja guardiana. El mismo don Rafael parecía resignado. La monja no decía nada, no hacía el menor ruido. Era como un mueble. Y, de pronto, un día no estaba allí, sentada en la silla, la monja, sino Teresa, la semimonja.

Teresa sonreía, sentada en la silla de la monja, con esa manera suya de sonreír, como si flotara, como si en su mundo todos anduvieran siempre así, sonriéndose los unos a los otros. Entramos las alumnas en el aula y nos fuimos acomodando en los pupitres. Alguna la saludó. La mayoría no hizo ningún gesto. No conocíamos mucho a Teresa, no estaba vinculada con nosotras, las que estudiábamos bachillerato, sino con las alumnas de Hogar. Nos sentamos y esperamos a don Rafael.

Entró don Rafael y miró hacia el fondo. Su mirada se iluminó.

–Bienvenida, Teresa –dijo–. Es para nosotros un honor tenerla aquí.

Como siempre, llegó el momento del desánimo, el momento en que su tono bajó y se perdió. Estaba claro que no le entendíamos, que todos los signos que había ido trazando en la pizarra resultaban casi indescifrables para nosotras, las obtusas alumnas. Miró hacia el fondo, muy lejos, por encima de nuestras cabezas. Pronunció su frase talismán, las palabras en latín o en griego o a saber en qué idioma. En voz muy baja. No había manera de saber qué decía.

Volví la cabeza. Teresa, sentada en su rincón, mueve los labios como si también ella estuviera pronunciando la frase. Ha entendido a don Rafael. Conoce ese idioma, esas palabras dichas en susurros. Había algo ahí, como si los dos hubieran hablado mucho antes de ese momento. Por un pasillo fuera de nuestra vista, por un sendero del jardín, a escondidas, junto al muro.

Teresa asistió a la clase de matemáticas durante toda una semana. La monja guardiana estaba enferma. Se restableció y volvió a su puesto, a la silla del rincón.

Don Rafael Casas, al entrar en el aula, miró hacia allí. Nadie le había avisado, tenía ya los ojos llenos de luz, las palabras de saludo en la boca. Se apagó, se encerró dentro de sí mismo. Durante la larga hora de la clase, se sucedieron los momentos de desánimo.

9

En casa se oye, al otro lado de la cocina, el ruido de la máquina de coser. El pedaleo de mi madre. La aguja subía y bajaba mientras los dedos de mi madre iban empujando la tela. Los dedos de mi madre, transparentes, frágiles, tan cerca del peligro. Pasaba muchas horas en aquel cuarto, junto a la ventana, ante la máquina. No usa gafas. Es buena costurera. Siempre está haciendo arreglos. Sabe dar la vuelta a los abrigos con asombrosa habilidad. De pronto, se atasca, sobre todo, con la ropa que le pasan las tías de San Juan de Luz. Esas telas y esos cortes complicados le imponen un poco. Murmura: Esto tengo que preguntárselo a Luisa, Luisa tiene muy buenas ideas.

Sube dos pisos, al taller de costura de Luisa Abelló. Siempre que puede, mi madre sube a la buhardilla y se sienta al lado de Luisa, en el centro del taller, desde donde Luisa controla todas las tareas. Allí se instala, en una silla baja de enea, con alguna labor, ella también, en las manos. Mi madre y Luisa hablan en voz muy alta, casi a gritos, para hacerse entender por encima del ruido de fondo que suena, constante, en el taller. El pedaleo de las máquinas de coser y de no sé qué motores y máquinas –seguramente, los del ascensor, al otro lado del tabique– las obliga a gritar. Gritan y se ríen, alegres.

Muchas veces –si no hay algo que me lo impida, que esté enferma, que sea la hora de cenar o de hacer los deberes– mi madre me lleva con ella, sabe que me gusta mucho el taller.

Un día escuché el nombre de Luisa Abelló en el colegio. Pronunciado con respeto, casi con reverencia, en una conversación sobre vestidos de baile.

¡Vestidos de baile!, ¿qué bailes? Imaginaba fiestas, grandes salones iluminados por lámparas resplandecientes, vestidos vaporosos de colores claros hasta el suelo. El Casino, que no conocía –¿quién lo conocía?–, era el escenario. Algunas niñas hablaban de esas fiestas. Las escuchábamos con envidia. Se encontraban unas a otras en los bailes, comentaban cómo eran los trajes que llevaban, cómo había sido el primero de todos, blanco, el vestido de la puesta de largo. Envidiábamos esos vestidos y lo bien que ellas, las que los llevaban, se lo pasaban en las fiestas. ¡Era Luisa, que vivía tan cerca de mí, que era tan amiga de mi madre, quien confeccionaba esos maravillosos vestidos!

El taller de Luisa no era un lugar lleno de luz, sino, por el contrario, un lugar oscuro –aunque no tanto como la buhardilla de Melchor Daroca–, débilmente iluminado con bombillas que pendían, desnudas, del techo, sostenidas por cables trenzados. Debía de ser arduo coser con tan poca luz. Coser y andar bajo el techo abuhardillado. Mi madre, Luisa y todas las costureras, cuando se movían por el taller, debían bajar la cabeza para no irse dando golpes. La buhardilla estaba llena de mujeres. Se inclinaban sobre largas mesas, cortaban telas según patrones de papel, cosían a máquina o a mano, punteaban pequeños trazos de color azul en las telas con el jaboncillo. Luisa iba de un lado para otro, con unas tijeras enormes atadas al cuello y el acerico prendido en la solapa. Muchas veces sostenía los alfileres con la boca y aun así seguía hablando, sin miedo a tragárselos y sin que se le cayeran.

Apartaba para mi madre retales y botones que le sobraban. Ya en casa, mi madre los miraba y elucubraba qué hacer con ellos. Yo les pedía a Luisa y a todas las costureras que me dieran los restos diminutos del jaboncillo azul. Lo aprovechaban hasta que resultaba casi imposible dibujar nada con él. Yo guardaba esos restos en una caja de metal. Bolitas azules, inservibles, que se unían a mis otros tesoros de la caja.

Luisa tenía problemas con las costureras. Nos lo decía, bajando la voz, a mi madre y a mí, en el taller o cuando nos la encontrábamos por la escalera. Se quejaba del carácter de una o de las enfermedades imaginarias de otra. Ella era una mujer fuerte. Nunca estaba enferma. No sabía lo que era un dolor de cabeza. No entendía la enfermedad. Pensaba que las quejas de salud de sus empleadas eran excusas nacidas de la debilidad, del abandono. Para ella, el peor defecto que podía tener una persona era el de ser vaga, perezosa. No lo admitía. No sólo no existía la enfermedad, tampoco el cansancio. El sonido de las tijeras al cortar la tela, el subir y bajar del pedal de las máquinas de coser, el ir y venir de las costureras con los vestidos a medio hacer colgados del brazo, todo eso creaba un ruido constante, sordo, que era para Luisa el latido de la vida, hecha de esfuerzo y trabajo.

Junto al ruido, el olor. A telas, a tinte, a la grasa negra de las máquinas de coser, a un lugar frío y sin ventilar que el trabajo de las mujeres convertía en agobiante, en irrespirable. Pero me gustaba. Me abría paso en el espacio iluminado por las débiles bombillas, en el aire enrarecido y gastado, entre los ruidos y las voces de las mujeres, entre quejas y risas, también entre algunos tarareos –siempre había una costurera que cantaba–, y me instalaba, incluida en el grupo que formaban mi madre y Luisa, en el lugar sagrado desde el que se dominaba el taller, se controlaba todo.

A esos olores se sumaba, sobre todo en verano, el del sudor, más acre, un olor a fruta descompuesta o a punto de echarse a perder. Las pequeñas ventanas de la buhardilla se abrían, no podía soportarse la sensación de encierro, aunque, con las ventanas abiertas, entraba más calor, más sol. Para evitar el sol, las costureras cubrían las ventanas con telas que sujetaban con pinzas de colgar la ropa.

El tendedero de la comunidad se encontraba al otro lado del descansillo. En aquella amplia terraza siempre había tendida ropa blanca, los inmensos lienzos de las sábanas, hinchados por el viento. En verano, se dejaban abiertas las puertas del tendedero y del taller, para que se produjeran corrientes de aire. Las costureras salían a la terraza y se refrescaban con cubos de agua. La misma Luisa lo hacía, sin perder un ápice de su autoridad. Se sentaba en el poyete, ponía la palangana a sus pies, entre las piernas abiertas, y se inclinaba para empapar en agua un pañuelo que luego se llevaba a la nuca.

La palangana a sus pies, las piernas desnudas, el pelo recogido en lo alto de la cabeza, sudorosa, con la falda remangada y los primeros botones de la blusa desabrochados, el agua corriéndole por la cara y el cuello, Luisa miraba a las costureras y a las aprendizas desde lejos, como si no quisiera verlas del todo. Sonreía con gesto magnánimo, aprobaba sus juegos y sus gritos, pero no los incitaba. Se había sentado un poco aparte, dando a entender que no estaba dispuesta a compartirlos. El sudor le resbalaba por el cuello, se internaba en el escote. Una sonrisa vaga en medio del calor y el aire ligero de la terraza, en medio de los gritos de las costureras y de los salpicones de agua. La realidad no podía con ella, el desorden no la alteraba.

Las frases que mi madre y Luisa se cruzaban entre sí, en medio de los ruidos del taller, pasaban por encima de mi cabeza y se perdían. Mi atención se centraba en el movimiento incesante del taller, en los ademanes y frases de las costureras. Esas mujeres –algunas muy jóvenes, no eran mujeres, sino chicas– eran muy distintas a mis tías, al resto de las mujeres que yo conocía. ¿Dónde vivían?, muy lejos, al otro lado del río, mucho más allá del cementerio, más lejos, sin duda, de donde vivían el tío Cosme y la tía Inés. Escucho sus conversaciones, a veces no sé de qué hablan, de novios, de verbenas, de otros bailes que no son los del Casino.

10

En las últimas páginas del periódico, las únicas que les interesaban a las tías de San Juan de Luz, se publicaban fotos de gente en traje de fiesta. De pronto, el retrato de una chica me resultaba vagamente familiar. Era una alumna de los últimos cursos, el nombre estaba escrito debajo, pero, sin el uniforme ni el peinado del colegio, no se parecía nada a la chica que yo veía todos los días por los pasillos, en la capilla, en el refectorio. Sus hombros estaban medio desnudos, llevaba el pelo suelto, adornado con una diadema o un lazo, ¡vaya cambio! Incluso las feas estaban guapas en aquellos retratos.

Ecos de Sociedad. Un mundo lejano y poco consistente, fotografías borrosas en blanco y negro. Nada importante. Se les destinaban las últimas páginas del periódico, junto a las esquelas de las defunciones. Eran los mismos, los que asistían a fiestas y bailes, los que se casaban y los que se morían. Las mismas familias. Eso decían siempre mis tías. Ése era el mundo cerrado del que habían escapado.

El taller de Luisa, tan cerca de casa y de mi vida, estaba ligado a ese mundo remoto y desconocido, inasequible para mí, de los Ecos de Sociedad. Los tules, gasas, encajes y sedas bordadas del taller no estaban siempre en el taller. El taller está abierto al otro mundo, se proyecta sobre él. Pasa por encima de los muros del colegio y llega al Casino y a los bailes que se celebran en honor de los alumnos de la Academia Militar. Del taller salen los vestidos vaporosos de mis compañeras de clase, las que hablan de bailes y fiestas. Las manos mágicas de Luisa, las manos mágicas de las costureras y aprendizas del taller, son las que moldean los vestidos ligeros que envuelven los cuerpos, liberados ya del pesado uniforme, de mis compañeras cuando sus pies se deslizan por los grandes salones iluminados.

La tela se iba transformando poco a poco. Había alfileres, hilvanes, pliegues y frunces que luego desaparecían. Un vestido terminado era siempre algo sorprendente, irreconocible. Lo envolvían en papel de seda y lo colocaban con mucho cuidado en una gran caja de cartón. Las pruebas se hacían en un piso de la plaza de la Higuera, próxima a nuestra casa. Una plaza pequeña y silenciosa, delimitada por casas grandes, por palacios.

Al llegar a casa, mi madre me dijo: Cámbiate enseguida, Luisa te está esperando.

Le había pedido que me llevara a conocer el cuarto donde se hacían las pruebas. Creía que ya se había olvidado. Salí del portal guiada por Luisa. Era invierno y la calle estaba oscura. No había luz en las ventanas de los palacios de la plaza.

Luisa sacó de su bolso una llave enorme y la encajó en la cerradura del portón. Más allá del zaguán, se abría un patio. A un lado, unas escaleras de piedra conducían al piso superior, recorrido por una galería. En el centro del patio, una fuente de piedra.

–Sí –dijo Luisa–, es un lugar muy hermoso.

De vez en cuando, Luisa hablaba de esa manera, como

si se dirigiera a alguien a quien no se ve. Abrió, con una llave algo más pequeña, una puerta, entramos en un cuarto decorado como un teatro. Un cuarto pensado para impresionar, artificial, fascinante.

–Los vestidos necesitan un buen entorno para poderse apreciar –dijo.

Había multitud de espejos. En el centro del cuarto, me vi reproducida mil veces. Luisa se reía, complacida.

–Desgraciadamente –dijo–, aún no tengo espacio para instalar el taller aquí. No sabes lo que me costó arrancarle al propietario estas dos habitaciones. Le sobra sitio, pero es un viejo maniático, empeñado en morir tan solo como ha vivido. No soporta tener inquilinos, no soporta a la gente, a la humanidad. No desespero, he empezado por esto, ya he puesto la primera piedra.

Luisa abrió los armarios, abrió los cajones de las cómodas. Me enseñó las telas que guardaba para las ocasiones especiales, la ropa que se había hecho para ella. Un mundo perfumado. Un olor muy diferente al que se respiraba en el taller.

Era aquí adonde venían las chicas mayores de mi colegio a probarse sus trajes de fiesta. Vendrían acompañadas de sus madres. Envueltas en su propio perfume. Se desnudarían, dejarían que Luisa les fuera ajustando el vestido a su cuerpo. Un pinchazo de alfiler. Luisa no dice nada, no dice: Lo siento. Quizás: ¡Vaya! Las chicas se miran en los espejos. De frente, de espaldas, de lado. La madre inspecciona, pone pegas, aquí la tela hace una bolsa, aquí tira un poco. Luisa, paciente, da vueltas, pone y quita alfileres. Sabe que sus vestidos están por encima de todas las pegas y de todos los elogios. Las despide un poco hermética, un poco misteriosa. ¿Estará terminado a tiempo?, pregunta la madre, la fiesta es el sábado. Ya veremos, dice Luisa, haré todo lo posible. No se compromete del todo. Siempre queda un resto de inquietud. Ésta es la escena que imagino, una escena en la que se pone de manifiesto el poder de Luisa.

Me despide con una sonrisa que me hace pensar que es más feliz de lo que creemos. Éste es su reino.

11

En la puerta de la cocina, mi madre se detiene. Es el territorio de Modesta, el único lugar donde Modesta se siente segura, con plenos poderes. Sale de aquí y se desorienta. Lo pregona. Me pierdo, dice. No le pidas que tome un tranvía, que vaya a hacer recados lejos de casa.

Modesta es de Estremera, el pueblo de mis abuelos. Los padres de mi madre, los únicos abuelos que conozco. Los otros murieron. En la familia de mi padre hay muchos muertos. Sus padres y dos hermanos. Murieron antes de la guerra o durante la guerra. De los dos hermanos de mi padre, uno era soldado raso. Murió en el frente. El otro, simplemente desapareció. Hay una hermana, monja de clausura en un convento de Granada. A mi padre no le gusta hablar de su familia. Es como si le hubieran defraudado. Le han dejado solo, sin apoyos, sin dinero.

Los abuelos maternos viven en Estremera. Son dos ancianos que ya no hacen nada. Al menos, cuando voy a su casa a pasar el verano, no hacen nada. Se pasan el día sentados en sus sillas de enea. Durante el día, en la cocina, que es enorme. Les gusta estar allí y ver cómo se hace la comida. Primero, el pan. Lo prueban, complacidos. Siempre viene algún vecino a desayunar con ellos, a picotear algo antes de comer. Se saca la garrafa de vino y se van llenando las botellas. La tía Consuelo, que no es hija de los abuelos, sino sobrina, se ocupa de todo. Da órdenes, trae más sillas. Por la tarde, después de la siesta, cuando remite el calor, sacan las sillas a la calle y los abuelos se sientan a la sombra, con los mismos vecinos de la mañana y con otros nuevos. La abuela me coge la mano, la deja en su regazo. Sus manos están curtidas, ha trabajado en el campo toda su vida, lo necesitara o no. Según mi madre, porque ya se había acostumbrado al trabajo y no sabía hacer otra cosa. Según mi padre, porque es muy avara y le dolía en el alma tener que pagar a alguien por algo que ella podía hacer con sus propias manos. Mi padre se quejaba de que los abuelos no ayudaran a su hija. Se llevarán a la tumba todo el dinero que han acumulado, decía. Si es que la tía Consuelo no se lo había ido gastando Dios sabía en qué. ¿Vivirías en el pueblo y cuidarías de ellos?, replicaba mi madre. Mi padre se callaba. El pueblo era lo que más odiaba en el mundo.

Pero las manos curtidas de la abuela son suaves. Soy su nieta preferida. Me lo dice con mi mano dentro de las suyas. Fátima y Lourdes, sus otras nietas, no van a pasar los veranos con ella.

Los abuelos vivían en un inmenso caserón, en el centro del pueblo. Todas las puertas tenían gateras. Los gatos entraban y salían, ocupaban las sillas antes que nadie. Nada más llegar, la tía Consuelo me examinaba las cuencas de los ojos por abajo y por arriba y dictaminaba diversos grados de anemia para, acto seguido, asumir con entusiasmo la tarea de rescatarme de ella. Entre las comidas principales, me perseguía con inmensos bocadillos de chorizo que yo nunca conseguía terminar. La abuela se reía suavemente. Tu tía Consuelo es una pesada, decía, como si la tía Consuelo no fuera de su familia, pero cómetelos, el chorizo va directamente a la sangre.

Era de allí de donde había salido Modesta. Había sido la tía Consuelo quien se había encargado de escogerla entre las chicas del pueblo dispuestas a venirse a trabajar a la ciudad, la había traído ella misma a casa de mis padres en una de sus visitas anuales. En verano, Modesta trabajaba en el campo. Volvía a su pueblo, con sus hermanos.

Un verano, fui con ella a Estremera, a su casa. La tía Consuelo se había caído por las escaleras. Salió del hospital cuando empezaron los primeros calores, le habían escayolado las dos piernas y no podía ocuparse de mí.

Dijo: Que vaya a casa de Modesta. La abuela protestó, ¿es que ella no podía ocuparse de mí?, ¿tan inútil era?, pero quien mandaba era la tía Consuelo.

Iba a verles todos los días, pasaba mucho tiempo en el caserón de los abuelos, pero aún pasaba más tiempo en las calles, en el campo. Llegué a conocer los recovecos del pueblo. Sobre todo, a los numerosos hermanos de Modesta, siempre de broma y con un vaso de vino cerca. O liando un cigarrillo que olía a paja quemada. Por las mañanas, acompañaba a Modesta al gallinero a recoger los huevos recién puestos. Nos movíamos en la penumbra, mientras palpábamos la paja. Los huevos estaban calientes y sucios. Modesta me los iba dando y yo los colocaba con mucho cuidado en la huevera de alambre. Luego ella limpiaba la pocilga de los cerdos. La baldeaba con agua todos los días. No soportan la suciedad, decía. Los cerdos grandes, con la piel gruesa y los pelos como pinchos, me daban miedo. Se empujaban unos a otros, se embestían mutuamente. No me fiaba de ellos. Me habría gustado, sin embargo, coger a uno de los pequeños, rosas, pelones, pero Modesta no lo consentía. La entrada en la pocilga estaba absolutamente prohibida para mí. Me quedaba al otro lado del murete, y contemplaba, fascinada, a pesar del intenso y desagradable olor, la actividad de Modesta. Por las noches, en el almacén de debajo de la casa, los hermanos de Modesta se reunían con sus amigos a beber, fumar y reírse. Me dejaban estar con ellos. Se reían de mí, una niña de ciudad. De mi ignorancia, de mis vestidos de percal, de los lazos que me ponía Modesta en el pelo, siguiendo las recomendaciones de mi madre.

Algunas noches en las que no estaban los hermanos de Modesta –quién sabe dónde estarían, trabajando o en las fiestas de otro pueblo– nos sentábamos a la entrada de la casa Modesta, sus padres y yo. Mirábamos el camino que nos separaba del pueblo, las luces de las casas, el cielo. La madre de Modesta decía que las infinitas estrellas de la Vía Láctea daban vueltas a la tierra sin parar, como almas en pena. ¡Almas en pena!, qué dices, protestaba el padre, no me salgas con tus historias de ánimas, ¿quién ha visto un ánima? ¿Quién?, yo misma, decía la madre. He visto más de una. A veces bajan, se cansan de dar vueltas allá arriba, se escapan, pero tienen que volver enseguida. ¡Qué inculta eres!, se lamentaba el padre, eso es un camino para orientar a los navegantes en medio del mar cuando no se ve la tierra, es como una brújula, pero a nosotros no nos sirve, ¿de qué nos iba a servir si no nos movemos de aquí? Modesta me miraba, se encogía de hombros. Así es la gente de pueblo, me venía a decir con aquel gesto, siempre discutiendo por cosas que no tienen ninguna importancia, sólo para romper la monotonía de los días.

De pronto aparecía, venido quién sabe de dónde, el perro vagabundo al que alimentaban las familias que vivían por allí y se tumbaba a nuestros pies. No tenía nombre. Le dábamos comida y le poníamos agua en un cuenco. Yo le pedía que se quedara, pero, al cabo, se marchaba, se volvía a perder en la noche.

La habitación de Modesta producía una gran sensación de desnudez. Había una cama grande y un poco desvencijada donde dormíamos las dos, una cómoda, un colgador, un par de sillas, pero nada en las paredes ni en el suelo. Ni cuadros ni cortinas –ni siquiera visillos– ni alfombras. Me dormía con el ruido de fondo de la respiración acompasada de Modesta y de sus suaves ronquidos, con el calor que emanaba de su cuerpo, tan próximo al mío.

A los pies del pueblo seco y polvoriento –una montaña amarilla de casas apretujadas alrededor de la iglesia–, como un verdadero milagro, corría un arroyo bordeado por un bosquecillo. Tanto la tía Consuelo como Modesta me dejaban ir allí siempre que quería. No tenía que pedir permiso. Siempre había allí niños de mi edad, sabían muy bien quién era yo y quiénes eran mis abuelos, sabían que vivía en casa de Modesta. Conocí a una chica que tenía piscina. Su familia era de Estremera, pero vivían en Madrid. Venían a pasar el verano. Por eso se habían hecho piscina y habían plantado sauces que ya estaban bastante crecidos. Bajo la sombra clara de los sauces, pasábamos las horas, echadas en las tumbonas. Aprendí a nadar. Eso asombró a los hermanos de Modesta. Dejaron de mirarme como si fuera una chica de ciudad, una chica inútil. Murmuraban: No sé hasta dónde llegará esta niña, muy lejos.

Mi madre ya se ha despegado de Estremera. Quizás por influencia de mi padre, que siempre que puede se mete con los abuelos y con la vida del pueblo, una vida sin horizontes, no se siente cómoda allí. Quizás, también, porque la tía Consuelo le ha arrebatado su papel de dueña de la casa. Cuando regreso del pueblo, me hace muchas preguntas sobre la vida en el caserón, pero, por los comentarios que luego deja caer, sé que de ningún modo volvería a ese mundo. La vida que interesa está aquí, en la ciudad, en las calles asfaltadas, en las muchas oportunidades que, si sabemos buscar, se nos pueden ofrecer. No desprecia la vida del pueblo, pero considera que sus horizontes son demasiado limitados, ¿soñó mi madre con la vida que lleva ahora?

12

Los mayores enemigos de Modesta eran los primos Azogue. Yo no les prestaba mucha atención. Si mi padre se consideraba superior al tío Cosme, yo me creía superior a mis primos. Resultaban demasiado salvajes, como si se hubieran educado por su cuenta y nadie se hubiera encargado de inculcarles las normas básicas de convivencia. No las tenían dentro, no las habían hecho suyas.

¡Están sin civilizar!, protestaba Modesta. No respetaban nada, no había forma de detenerles. Entraban en todos los cuartos, husmeaban en todos los rincones, abrían grifos, empujaban muebles, desenchufaban lámparas, exploraban en la despensa en busca de lo que más les gustaba: el platillo donde Modesta iba guardando la nata de la leche para hacer galletas. Modesta lo escondía, amenazaba a mis primos con denunciar su hurto para que mi madre les prohibiera la entrada no ya a la despensa, sino a la misma casa. Ellos no le hacían el menor caso. Revolvían entre las cacerolas y sartenes, encontraban el plato, se comían la nata. No les importaban los gritos de Modesta. Le decían: La tía nos deja, la tía nos da permiso para todo, mamá está siempre enferma y por eso la tía no nos riñe nunca.

Me gustaban mucho las galletas de nata, me daba rabia que los primos Azogue se comieran la nata antes de que las galletas llegaran a existir, me daba rabia que se rieran de Modesta. Ante los primos Azogue, Modesta no tenía escapatoria. Estaba indefensa. Yo me compenetraba con ella, la apoyaba en silencio. Mis primos me parecían crueles y desalmados. Se aprovechaban de las enfermedades de su madre para imponer su voluntad.

Eran cinco. Tres chicos y dos chicas. Mis primas, Fátima y Lourdes, eran unos años mayores que yo. Llevaban los nombres de las vírgenes a las que se encomendaba la tía Inés. Vírgenes que, se sabía, hacían muchos milagros. Las primas apenas venían a casa y no me hacían el menor caso cuando yo iba a la suya.

Javier, Ramón y Santiago son los primos invasores. Soy consciente de que se portan de forma salvaje, de que se burlan de Modesta, sé que son egoístas, pero a veces presiento un atisbo, una posibilidad de entendernos. Me creo superior a ellos, pero no siempre. De pronto, me producen respeto, porque no les conozco enteramente. Javi, Moncho y Santi, dentro de su barbarie, transmiten una fuerza misteriosa, como una descarga eléctrica, como cuando se roza un cable con las manos mojadas, se siente el peligro de morir carbonizada y, a pesar de todo, no se puede por menos que admirar esa fuerza.

Había caído el calor, ya había finalizado el curso escolar. Aquel verano yo no estaba en Estremera. Tampoco Modesta había ido a Estremera. Fue un verano de ciudad. Me despertaba al amanecer, envuelta en claridad. Había dejado la ventana abierta para poder respirar durante la noche, para no sentir que me ahogaba en el aire recalentado del cuarto. Algunas noches, se levantaba una leve brisa húmeda, pero la mayoría de las veces el aire del patio pesaba casi tanto como el de la casa. Con la luz del amanecer, bajaba la persiana y trataba de volverme a dormir.

La casa permanecía en penumbra durante el día. Mis padres no tenían fuerzas para dar órdenes. Hacían largas siestas. Los días transcurrían con cierta sensación de descontrol, como si no importaran. Los meses de verano no contaban.

Fátima y Lourdes estaban en Sitges, en casa de unos familiares de la tía Inés. Aquel verano mis primos me enseñaron la ciudad. Estuve en descampados haciendo hogueras, en extraños territorios donde ellos habían ideado juegos de guerras y escondites. Pero se estaban haciendo mayores y ya no estaban tan interesados en los juegos que habían marcado el ritmo de los veranos anteriores. Ahora, el lugar predilecto era el embarcadero.

Yo no vivía lejos del río. Los domingos, después de misa, mis padres paseaban por la calle que, detrás de la catedral, seguía la orilla del río. Nos asomábamos al Puente de Piedra y nos quedábamos un rato, apoyados en el pretil, mirando pasar la corriente bajo nuestros pies, callados, cada cual pensando en sus cosas. Cosas vagas que no llegaban a ser pensamientos. Ideas un poco tristes, de fuerzas que empujan a ciegas, de obstáculos que no se pueden prever, de ignorancia, fugas y hundimientos. De pronto, surge una idea feliz, una idea que está por encima de todo: la extraña fuerza del agua, como si fuera nuestra, como si estuviera a nuestra disposición.

Mis padres callaban. Yo callaba. Cuando echábamos de nuevo a andar, ese tiempo lleno de extraños pensamientos dejaba de existir. Nos incorporábamos a la mañana de domingo. El río quedaba atrás. La corriente marrón. Nuestros pensamientos y miedos. Todo lo que no se podía compartir. El vértigo de querer caer y olvidarse de todo.

Desde el pretil del puente, se vislumbraba el embarcadero. Un lugar umbroso, resbaladizo. Se veía a algunas personas subiendo o bajando por las escaleras cubiertas de musgo, saltando a las barcas que luego se deslizaban por la corriente, con los remos hundidos en el agua. Aunque es domingo, no van con traje de domingo, el traje de domingo sería una traba para remar.

Yo miraba a mi padre, que, a la fulgurante luz del día, parecía un príncipe. Llevaba su sempiterno traje de domingo, mil veces cepillado por mi madre. No pertenecíamos al mundo del embarcadero. Ese mundo libre, desenfadado, quedaba fuera de nuestro alcance.

Los primos Azogue sí habían estado allí muchas veces, ¿dónde no habían estado? No iban a un colegio privado sino al instituto. No había para ellos terreno resbaladizo. No les importaba resbalar y caer. Sus rodillas siempre estaban sucias y llenas de cicatrices y de las costras que se iban formando cuando se secaban las heridas, esas postillas grandes, duras, maravillosas, que a mí no me duraban nada –no llegaban nunca a ese tamaño– porque me gustaba ir quitándomelas, despegándolas de la piel, poco a poco. Ellos jamás se las tocaban, como si no las vieran. Sus piernas delgadas como palillos –los faldones del pantalón corto flotaban, casi vacíos, sobre sus muslos– estaban llenas de moratones. Pusieron cara de extrañeza, ¿no conocía el embarcadero?, ¿es que mi padre no me había llevado nunca a dar una vuelta en barca por el río?

Mis primos creían que todo el mundo era como ellos. Nunca pensaban en los demás. No andaban diciéndose todo el rato si había que ser de uno o de otro modo o si tenían que adaptarse a las normas o al carácter de los otros. Y eso era lo que, de pronto, los hacía superiores a mí.

13

–Mañana iremos al embarcadero –dijo Moncho–, tráete el traje de baño y ponte sandalias de goma.

–¿Llevo toalla?

–Bueno, tráela, si quieres.

Esa forma tan imprecisa de contestarme me hizo pensar que mis primos no iban a llevar toalla. Era propio de ellos no llevar toalla, no cargar con impedimentos. Pero yo necesitaba la toalla, no tanto para secarme sino para envolverme en ella, para protegerme, para no quedarme desnuda. Empezaba a darme vergüenza la desnudez. Asomaba, a la vez, proveniente de un lugar oculto, cierto deseo de exhibición, pero aún me sentía cohibida. Los primos Azogue me cohibían.

Me preguntaba cómo me las arreglaría para sacar la toalla de casa sin que mi madre se diera cuenta. No le podía decir que iba a ir al río con los primos. Había oído muchas veces decir a mis padres que en el río no se podía uno bañar, que el agua estaba sucia y llena de peligros. Se podía coger cualquier enfermedad. Y en medio de la corriente, agazapados, invisibles, estaban los remolinos, que arrastraban a los cuerpos hacia el fondo sin que se pudiera competir con la fuerza del agua.

Dejé la toalla, enrollada, debajo del radiador de la entrada, que apenas se veía detrás del banco de madera donde mi padre, en invierno, dejaba el abrigo y el sombrero al regresar a casa. Me despediría de mi madre cuando ella estuviera en la cocina, dando órdenes a Modesta sobre la comida o comentando cualquier otra cosa. Ése era el momento en que yo diría que me iba con los primos, sin precisar adónde. A la calle del verano, como todos los días. Correría entonces hacia la puerta, cogería la toalla y me lanzaría escaleras abajo. Llevaría el traje de baño puesto.

Me latía el corazón. Iba a hacer algo prohibido, era plenamente consciente de que me estaba oponiendo a la voluntad de mis padres y esa conciencia me daba vértigo.

Mis primos me esperaban en la plaza de la Higuera, sentados en un banco a la sombra, no de la higuera, que ya no existía, sino de un plátano. Miraron, sin hacer ningún comentario, hacia el bulto de la toalla, enrollada bajo mi brazo –¡como si fuera fácil disimularla!– y tardaron un poco en ponerse en marcha. Nunca tenían prisa. Allí estaban, felices, bajo la sombra del plátano, ajenos a mis emociones y miedos.

Callejeamos hasta llegar a la tela metálica que corría a lo largo de la orilla del río, franqueamos una puerta pequeña. Los goznes ligeramente oxidados producen un leve chirrido. Un chirrido, algo que cruje, un ruido que no se ha oído nunca y que inicia el camino de los muchos ruidos extraños que oiremos a lo largo de la vida. Bajamos hasta el embarcadero por un pequeño camino fangoso en el que las sandalias de goma se hunden y resbalan. Huele a agua estancada, apenas se puede respirar. Mis primos hacen bromas entre ellos. Se oyen voces a nuestros pies, junto al río que ahora no vemos porque los arbustos que bordean el sendero son altos y están muy enmarañados. Es una verdadera jungla. La pendiente es bastante acusada, como si el río estuviera en el centro de la tierra. Desde el pretil del puente, se veía lejano, pero la distancia es mayor de lo que había imaginado.

El embarcadero surgió al final de la cuesta. Y con él, el río, y un grupo de hombres que iba y venía por el muelle. Saludaron a mis primos como si su presencia no les sorprendiera. Les llamaban por sus nombres. Nadie preguntó quién era yo. Me pegué a Santi y traté de no hacerme notar. Se estaba dirimiendo qué barca nos iban a dejar, por cuánto tiempo. Las negociaciones las llevaba Moncho.

Los remeros subían y bajaban por las escaleras del embarcadero o simplemente se quedaban allí, posados en ellas como pájaros gigantescos. Sobre el río, amarradas al embarcadero, flotaban las barcas. Eran enormes y parecían muy pesadas.

Nos dejaron paso y mis primos saltaron a una de las barcas, que se tambaleó. Ya con todos mis primos dentro de la barca, salté yo. Fue como lanzarme al abismo. A mis primos no se les ocurrió tenderme una mano.

La barca se balanceaba con fuerza. La maniobra de desamarre se llevó a cabo entre las órdenes que los remeros daban a gritos. Todo eso era un juego para mis primos. Cuando dejamos al fin el embarcadero y la barca empezó a deslizarse por el río, aún se reían de la preocupación de los remeros.

Estamos en mitad del río, en mitad de la suave corriente. Ya no se ve la ciudad. Es mediodía y el sol cae sobre nuestras cabezas. Los domingos, dicen mis primos, viene mucha gente a bañarse al río por esta zona, gente de la ciudad y de los pueblos cercanos. Pero es un día de entre semana y no hay nadie. Ni se ve la ciudad ni casa alguna, ningún signo de vida civilizada. Los remeros siempre remontaban la corriente, de forma que tampoco a ellos nos los podíamos encontrar. Nosotros seguíamos la suave corriente hacia el mar lejano que de pronto no parecía tan lejano. Mis primos, de vez en cuando, comprobaban la distancia a la que estaba el fondo clavando un remo en el agua. El agua que, desde el pretil del puente, siempre me había parecido marrón, había cobrado un tono verde oscuro, el color del musgo.

Hacía mucho calor. Había llegado la hora del baño. Había que amarrar la barca a la orilla y dejarla medio escondida. La barca dio bastantes empellones contra la orilla, pero quedó bien amarrada. Bajamos todos, otra vez mis primos me dejaron atrás. Yo llevaba el vestido que me había quitado enrollado bajo el brazo, junto con la toalla. Al saltar al agua, mis pies se hundieron en el fango. No tenía dónde apoyarme para avanzar. Traté de dirigirme, mientras levantaba y posaba un pie tras otro en el fondo embarrado, hacia tierra firme. El fondo del río era repugnante, viscoso, lleno de pequeñas cavidades y promontorios, quizás había cangrejos que podían clavarme sus tenazas, pero lo que de verdad me preocupaba era el vestido. Me lo había hecho mi madre, como todos los demás. Ya tenía varios veranos, había ido creciendo conmigo, se había ido adaptando a mi cuerpo. Era de color azul pálido y yo pensaba que me favorecía. No era el atuendo más apropiado para ir a dar un paseo en barca, pero en aquella época, en verano, las niñas llevábamos ligeros vestidos de percal. En aquel momento, no me preocupaba que el vestido se echara a perder, sino que se empapara y ensuciara y no me lo pudiera poner a la vuelta. Me resbalé, a unos pasos de la orilla, donde ya no había rastro de mis primos. Grité, instintivamente, el nombre de Santi.

Acudieron los tres. Ignoro de dónde salieron, pero se

tiraron al río y me rescataron de la zona de lodos. Yo había mantenido la ropa fuera del agua, pegada a mi cuerpo, protegida por mi brazo. Mis primos, al rescatarme, hicieron peligrar el envoltorio. Por un momento, el agua lo cubrió.

Ya en la orilla, fui consciente del desastre. La toalla se había empapado. El vestido estaba menos mojado que la toalla, pero mojado. No me importó mucho. Les dije a mis primos que se habían preocupado demasiado, que yo sabía nadar. Colgué el vestido de unas ramas, para que se secara, y me lancé al agua. Había conseguido ser el centro de atención. Estuvimos nadando, salpicándonos, jugando a perseguirnos, hasta que nos entró hambre y comprendimos que era casi la hora de comer. Mi vestido estaba seco, pero arrugado, y tenía manchas de barro que no pude quitar.

En el viaje de regreso, mis primos me dejaron remar. Mi traje de baño estaba aún húmedo debajo del vestido sucio y arrugado, pero acababa de descubrir un extraño poder dentro de mí y eso hacía que todo lo demás pareciera insignificante.

Entré en casa por la puerta de servicio. Me abrió Modesta, que me miró espantada. Ante mi silencio, comprendió que ella también tenía que callar. Quién sabía lo que me había pasado, por qué tenía el pelo mojado y el vestido estaba tan arrugado y sucio, pero, por encima de todo, yo ya estaba en casa. Se entregó en silencio a su papel de encubridora, me preparó el baño y se llevó el vestido al lavadero.

Nunca llegó a preguntarme nada. Demasiado bien sabía que los primos Azogue eran mis compañeros de juegos y escapadas. A partir de ese día, cada vez que dejaba caer una frase de censura hacia mis primos, me miraba, a la espera de que yo le diera la razón de alguna forma, aunque fuese sólo con un gesto. En el fondo de sus ojos, se leía esa pregunta: ¿Te has pasado a su bando? Pero, en su silencio, había también algo de resignación. Puede que, en cierto modo, lo considerara inevitable. Que me pasara al bando de mis primos, que me hiciera mayor, que me ocurrieran cosas que no podían gustarle a mi madre.

Tendida en la cama, desvelada por la experiencia del río, pensé en mis primos como si los acabara de conocer. Aún sentía en mi cuerpo sus roces y los salpicones del agua, sus miradas preocupadas, atentas, envolventes. Me hice una pregunta extraña, ¿estarían mis primos enamorados de mí? Habían sido ellos quienes, de pronto, habían cambiado. Eran mayores que yo, sabían muchas más cosas de la vida. Siempre habían sido para mí una especie de estorbo. Ahora era yo quien no quería convertirme en un estorbo para ellos, quería que se repitiera ese día, que volviéramos al embarcadero, volver a remar, volver a nadar en el río, volver a sentir sus miradas sobre mi cuerpo.

14

En algún momento del verano, ya cerca del final, Moncho se me escapó. Me di cuenta de golpe: siempre estaba hablando, en un tono de admiración que me resultaba hiriente, de chicas que yo no conocía. Decía que eran sus novias, que tenía varias novias a la vez.

Ninguna de las novias de Moncho, de las que tanto hablaba, vino con nosotros a remar y a bañarse en el río. Cada vez que, en la plaza de la Higuera, bajo la sombra del plátano, veía aparecer, solos, a mis primos, yo respiraba con alivio. Las novias se quedaban fuera. El río seguía siendo sólo para mí. Los numerosos amigos que tenían mis primos en su barrio lejano tampoco estaban incluidos en los planes de las mañanas. Sólo vinieron con nosotros en una ocasión. Dos chicos delgados, nerviosos. Se tiraron de cabeza desde el embarcadero y pusieron en peligro nuestra barca, como si hubiesen venido con el propósito de hundirla. A su lado, mis primos casi parecían civilizados. A mí me empujaron cuando dudaba en tirarme al agua y, mientras nos bañábamos, no pararon de darme aguadillas. Mis primos no hicieron luego ningún comentario, pero los amigos no volvieron.

Una mañana, sólo Santi y Javi acudieron a nuestra cita diaria bajo el plátano de la plaza de la Higuera. Nos dirigimos hacia al embarcadero como si tal cosa, sin querer darle importancia a la ausencia de Moncho, sin hablar de él. Mis primos remaban y hacían las bromas de siempre. Todos estábamos disimulando. El grupo se había disuelto, el verano se acababa. Ya no hacía tanto calor. ¿Qué hacíamos allí, remando en medio del río, como si la barca fuera nuestra, como si el río fuera nuestro? Nos esforzamos por estar alegres, por bañarnos, por jugar a salpicarnos, por reír, aunque no nos apetecía. No me apetecía a mí y era seguro que no les apetecía a ellos. Incluso cantamos, de vuelta hacia el embarcadero. Pero, sin Moncho, no éramos nada. Fue el último día del río.

Silenciosa y amargamente, por la noche, en la soledad de mi cuarto, le reproché a Moncho que a lo largo del verano me hubiera hecho sentir que, a pesar de sus novias, estaba enamorado de mí.

Era un dolor nuevo, un dolor que no tenía nada que ver con cualquier otro dolor que hubiera conocido, no era sólo pena o rabia o ganas de llorar, era algo mucho más intenso, siempre estaba allí, un peso que no me podía quitar de encima, una especie de condena.

Puede que Modesta, la silenciosa Modesta, percibiera algo. Conmigo se había vuelto más reservada, observaba a distancia mi crecimiento, con una mezcla de miedo y respeto. Ya no la ayudaba a hacer las galletas de nata, no me quedaba largos ratos en la cocina, merendando.

Algunas veces aún me hablaba de su novio. Llevaba ya cuatro años saliendo con él, yo estaba acostumbrada a que lo mencionara de vez en cuando, a que comentara algo de lo que hacía o de los proyectos que tenía. Era viajante de comercio, y estaba esperando que lo trasladaran de zona.

Entonces se casarían. Estaban ahorrando para la boda. Por las noches, antes de dormir, Modesta se hacía el ajuar. Le enseñaba a mi madre los camisones.

Mi madre decía: ¿Qué haremos cuando te vayas?

Modesta suspiraba, con expresión de impotencia, por ella, por mi madre, por mí, por todos los cambios que se avecinaban.

15

A la salida del colegio, junto a la puerta, me apoyo en el muro para esperar a Belén y a Catalina. Felisa ya ha sido dejada atrás. La infancia está lejos. Vamos andando a casa, sin prisa. Nos quedamos un buen rato hablando delante del portal de la casa de Belén. Seguimos Catalina y yo, y, antes de separarnos al otro lado de la calle Mayor, nos quedamos de nuevo otro rato hablando. Hablamos del colegio, nos quejamos de las monjas, de su rigidez, del silencio, de la continua vigilancia. Vislumbramos la vida que nos espera cuando los años del colegio se terminen. Contamos los años, los meses, los días. Recopilamos datos para orientarnos. Belén y Catalina tienen hermanos mayores. Saben cosas que no acaban de comprenderse del todo. Las escucho con envidia. Hablan sin pudor de sus sentimientos. No tienen nada que ocultar. Creen que en la vida puede expresarse todo, decirse todo.

A veces, Belén se me queda mirando. Me pregunta algo, lo que sea. Tengo la impresión de que me está preguntando una cosa distinta, que quiere indagar dentro de mí, como si supiera que yo sí escondo algo, que tengo secretos, que no lo digo ni lo expongo todo. Pero su sospecha, si es que la tiene, desaparece enseguida. Belén ya está pensando en otra cosa. Su atención aletea y emprende el vuelo, preparada para posarse sobre una presa más apetecible.

Mientras estoy con mis amigas, me esfuerzo por pertenecer al grupo, por hablar como ellas, hablar de las mismas cosas. Algunas veces, las pequeñas cosas que me cuentan no me interesan nada, no entiendo por qué les dan tanta importancia. Pero quiero estar con ellas, ser una más, que no me pongan en cuestión, que no me dejen al margen. Por este sentimiento de extrañeza que muchas veces siento cuando hablo con ellas, no me parece mal la norma de silencio que impera en el colegio, aunque, como mis amigas, yo también proteste y me queje del silencio obligatorio. Pero a mí me protege, me permite ser como soy. Es ahora, cuando, fuera del colegio, rompemos a hablar, cuando surgen los temores. Belén y Catalina saben muy bien de qué quieren hablar. Han estado calladas todo el día y, al fin, explotan. Pero yo me he pasado las horas pensando, imaginando historias, alejándome de todo lo que me rodeaba. Me esfuerzo por que no perciban la frontera que se levanta entre ellas y yo.

Cuando mi padre se metió en el negocio de los carteles de cine, el único negocio en el que logró verdadero éxito, mis amigas lo alabaron mucho. Eran paneles de cristal con luz interior, no muy grandes, de algo más de un metro de alto y algo menos de un metro de ancho. Cuadros iluminados en los soportales de la calle Mayor. Me detenía para contemplarlos, con el deseo de que todo el mundo los admirara conmigo. De regreso a casa, después de salir del colegio, surgían como señales mágicas, llenos de luz y de vida, los carteles de mi padre bajo los soportales. Ante los comentarios elogiosos de mis amigas, me asombraba de aquella proeza de mi padre y me sentía orgullosa de que fuera tan visible, de que ocupara un lugar tan importante en el corazón de la ciudad.

El último año del colegio me distancié un poco de ellas. Dolores Peña me preguntó un día si quería quedar el domingo con ella para ir a misa. Quedábamos citadas los domingos en la puerta de Santa Catalina para ir a misa de doce y luego a Miami o a Jamaica a tomar el aperitivo. Así, de forma indirecta, me independicé de mis padres. Me desligué, los domingos por la mañana, de ese grupo que formábamos los tres, camino de la catedral, arrodillados en el banco de madera de la capilla lateral donde se celebraba la misa, detenidos en mitad del Puente de Piedra para mirar la corriente del río marrón. Ellos siguieron con sus mañanas de domingo, cada vez más lejos de mí.

Pero la gran sorpresa del último año del colegio vino de la mano de Concepción Aínsa. Su pupitre estaba delante del mío. Me asombraba el orden impecable que rodeaba a Concepción. Lo irradiaba ella. Jamás se le salía la tinta del tintero, los forros de sus libros estaban siempre nuevos, como recién puestos, sus guantes blancos, inmaculados, los azul marino, sin ningún zurcido... Me conocía su peinado de memoria. Siempre el mismo. Llevaba una larga trenza. Antes de la trenza, parte del pelo era recogido con un pasador para luego mezclarse con el resto. Ni un solo pelo suelto ensombrecía su cara, tan tirante como su cabello. Intenté peinarme así alguna vez, pero mi pelo, demasiado fino, no se sujetaba bien dentro del pasador. Y, una vez que se soltaba, se rizaba un poco, no como esos mechones que caen sobre la frente, muy lisos, como si estuvieran hechos de plomo, que tanto envidiaba yo.

Si el pupitre de Concepción no hubiera estado delante del mío, es muy probable que yo no me hubiera fijado en ella. Fuera del orden con que mantenía todas sus cosas, desde el pupitre hasta el último detalle del uniforme y del peinado, no destacaba por nada. Hasta que ocurrió la gran noticia: sus padres heredaron una gran fortuna de un tío de América. Los tíos de América eran unos personajes de leyenda. Habían salido del país para labrarse un porvenir y habían conseguido hacerse inmensamente ricos. Se habló de una gran cantidad de dinero, una de esas cifras acompañadas de muchos ceros que escapan a nuestra comprensión. Se trataba de algo colosal, algo que cambia la vida.

Mi padre siempre estaba probando suerte, pero sus éxitos eran pasajeros. Había sido una vez socio del padre de Concepción, a quien, a diferencia de mi padre, todo le salía bien. Habían tenido problemas entre ellos, cosas del carácter. Ahora resultaba que le había caído encima esa fortuna fabulosa. Mi padre miraba, pensativo, mientras comíamos, el plato, el mantel, ¿qué podía hacer para mejorar su suerte?

La herencia del tío de América hizo visible a Concepción. De la noche a la mañana, era rica, muy rica, ¿en qué se le notaría? Había muchos detalles por los que te podías distinguir en el colegio. La pluma, el reloj de pulsera, los zapatos, los pasadores para el pelo. Sí, también los pasadores para el pelo. Innumerables detalles que revelaban, como en una radiografía, el estatus económico. Las monjas también miraban a Concepción con otros ojos. Esa herencia podía significar un buen donativo para la congregación. La historia del colegio se había hecho con donativos. El caserón del colegio y la finca que lo rodeaba habían pertenecido a una familia noble muy devota.

Convertida en el centro de atención, Concepción no traslucía demasiado asombro. Como si hubiera contado con esa transformación desde siempre. Miraba a su alrededor con ojos interrogantes, como preguntando: ¿Por qué os asombráis tanto?, ¿es que no habéis oído hablar de los tíos de América?

Concepción, yo lo sabía bien, era inmutable. El pelo tirante bien recogido, primero en el pasador y luego en la trenza, el pupitre perfectamente ordenado, sus guantes impecables, todo impecable en ella. Cuando reinaba en el aula el orden y el silencio, Concepción parecía el modelo, la culminación. Si había alboroto y desorden a su alrededor, se convertía en una isla, un territorio inabordable. La conmoción general que había producido la herencia, las miradas de curiosidad que le dedicábamos sus compañeras, la solicitud con que la trataban las monjas, todo eso parecía resbalar sobre su conciencia.

Sin embargo, ella me consideraba, nunca supe por qué, amiga suya. Y ésa fue la razón de que me invitara a su fiesta de cumpleaños e, indirectamente, de que yo conociera a Mauricio Moreno Benají. Un encuentro fugaz, que llenó desde entonces todas mis fantasías en las largas horas de estudio.

16

Encontré, dentro de mi pupitre, un sobre color crema. Mi nombre estaba escrito con tinta china y esa caligrafía aparatosa que se reserva para las grandes ocasiones y que parece sacada de viejos manuscritos. Las mayúsculas eran enormes, llenas de curvas y espirales. El remite estaba impreso en relieve: Concepción Aínsa. Dentro del sobre, una tarjeta de invitación de cumpleaños. Yo había ido a muchas fiestas de cumpleaños, pero nunca había recibido una invitación impresa. En un vértice de la tarjeta, en letra pequeña, se leía: «Se ruega contestación.»

Como, con la salvedad de las horas de recreo, en el colegio estaba prohibido hablar, no pude hacerle ningún comentario a mi vecina de pupitre. Sólo la veía de espaldas. Nunca volvía la cabeza hacia mí. Ahora parecía más hermética que nunca, más protegida que nunca por todas sus virtudes, encastillada en ellas. ¿En qué momento había empujado el sobre a través de la rendija del pupitre?, ¿cuántas invitaciones habría dejado en los pupitres?, ¿quiénes habíamos sido las elegidas?, ¿quiénes serían las otras invitadas?, ¿quiénes eran sus verdaderas amigas?

Llevaba mucho tiempo espiándola, sabía que Concepción no tenía amigas. Si las tenía, no hablaba con ellas en el colegio, ni siquiera en el recreo, el único lugar donde se podía hablar un poco, muy poco, sólo breves y fugaces diálogos. Me quedé a la espera, por si alguna de mis compañeras me decía algo, por si la misma Concepción me ampliaba la información cuando en el recreo le agradeciera la invitación.

Nadie me hizo el menor comentario. Yo escudriñaba las caras de mis compañeras, por si detectaba en ellas alguna señal de estar guardando un secreto, pero todas se comportaban como de costumbre, nada revelaba que hubieran recibido ningún sobre color crema, ninguna sorpresa. En el recreo, cuando me acerqué a Concepción, apenas pude permanecer unos segundos a su lado, los justos para decirle que había recibido la invitación, porque la monja que vigilaba los recreos la llamó en ese momento para animarla a integrarse en uno de los equipos de baloncesto. Una prueba más de lo solicitada que ahora estaba ella. Nunca se había distinguido por sus habilidades deportivas.

Pero en ese momento furtivo en que le dije que había recibido la invitación para su fiesta de cumpleaños, Concepción sonrió y comprendí que pensaba que éramos amigas.

Le enseñé la invitación a mi madre. La miró, extrañada. Habían pasado unos meses desde la noticia de la herencia.

–No sabía que fueras amiga de esa niña –dijo.

–Sólo es vecina mía de pupitre, lo único que conozco bien de ella es su trenza.

–Es raro, después de lo que pasó.

Quise indagar, pero mi madre dijo que no lo sabía bien, que creía que, cuando eran socios, mi padre había tenido ciertos desacuerdos con el padre de Concepción y que habían discutido, por eso rompieron, claro, pero ella no había estado presente. Tu padre, ya lo sabes, se exalta a veces, dijo. Se habían gritado y enfadado mucho, pero a lo mejor no se había tratado de nada importante.

–Habrá invitado a toda la clase –concluyó–, ¿se lo has preguntado a las demás? No sé dónde está esta calle –añadió–, no me suena de nada.

Cuando llegó mi padre, le enseñamos la tarjeta.

–Ya me lo habían dicho –comentó–. Que los Aínsa se habían comprado Las Terrazas.

Sabía dónde se encontraba la calle, ¿cómo no iba a saberlo?, mi padre se conocía al dedillo los barrios de la ciudad, los viejos y los nuevos. Las Terrazas era una finca de las afueras, tenía una historia novelesca, dijo. Recuperó de pronto su habitual tono alegre, de hombre que lo sabe todo y disfruta con todo. La había hecho construir un fabricante de ladrillos, un hombre salido de la nada, venido de no se sabía dónde, que se había enriquecido de forma impresionante. Pero nunca había llegado a instalarse en la finca. De pronto, el hombre se evaporó. Cambió de negocio, se dedicó al cine. Puede que se fuera a California. Lejos, muy lejos. El multimillonario fabricante de ladrillos no había podido superar la muerte de su mujer, ella sí nacida en nuestra ciudad, y de origen humilde, una mujer muy guapa, que había contraído una rara enfermedad que la había llevado a la tumba con terrible rapidez. Para ella había mandado construir el hombre enamorado Las Terrazas, un palacio moderno rodeado de un fabuloso jardín. ¡Con lo difícil que era hacer jardines en una tierra desértica! Quienes habían visitado Las Terrazas decían que se trataba de una finca espectacular. Sobre la casa, a la que se accedía a través de una serie de terrazas escalonadas, había división de opiniones, quizás fuese demasiado moderna. Pero ni siquiera mi padre conocía a alguien que la hubiera visitado.

–El caso es que te han invitado –dijo–. Quizás pueda interpretarse como un gesto de reconciliación por parte de Aínsa.

Tuve la impresión de que mi padre se quedó un rato pensando si no podría pedirle al padre de Concepción que volviera a asociarse con él para otro negocio, a lo mejor, hasta podría prestarle algo de dinero.

Durante la semana que precedió a la fiesta, Concepción no volvió la cabeza hacia mí ni una sola vez. Sus ojos nunca se encontraron con los míos, como si la invitación no mediara entre nosotras. No quería que las no invitadas se enteraran de la fiesta, pensé. Evitaba mirarnos a nosotras, las invitadas, para mantener la fiesta en secreto.

Mi madre se ocupó del vestido. Le dimos muchas vueltas al asunto, me probé innumerables cosas y me decidí al fin por el traje de terciopelo rojo oscuro, del color del vino, herencia de las tías de San Juan de Luz. Era un vestido sin mangas, la parte de arriba se ajustaba mucho al cuerpo y la falda tenía un poco de vuelo. Mi madre le bajó el dobladillo y lo planchó con ayuda de un pañuelo húmedo para borrar la marca. En lugar de un abrigo ligero, que no teníamos, se decidió que llevaría un chal de seda verde claro, también de las tías. La idea del chal no me convencía, no sabía cómo ponérmelo, pero aunque era el mes de mayo y ya no hacía frío de verdad, tampoco se podía ir por la calle con los brazos desnudos.

Mi padre me indicó qué tranvía había que coger y el camino que luego había que seguir hasta llegar a Las Terrazas.

–¿Cómo vas a ir sola, tan lejos, a un sitio que no conoces? –dijo mi madre.

No quería que mi madre me acompañara, pero estaba el asunto de los zapatos. Mis primeros zapatos de tacón. No eran muy altos, podía andar con ellos perfectamente, estaba dispuesta a hacerlo, aunque me hicieran un poco de daño, pero eran negros y el polvo del trecho final, ese camino que, según había indicado mi padre, conducía a la finca, los ensuciaría, porque el camino estaba sin asfaltar. Este problema, a mi madre, le parecía gravísimo. Se aferró a él para tener una razón para acompañarme. Yo haría el trayecto con otros zapatos y me pondría los nuevos cerca de la entrada. Mi madre se llevaría los viejos zapatos de vuelta. El regreso, a última hora de la tarde, ya no importaba. La fiesta empezaba a las seis de la tarde y, como la mayoría de las fiestas de cumpleaños, terminaría a las diez. A mi madre no le asustaba que regresara sola. En el verano ya lejano del río había empezado mi independencia. Por eso me fastidiaba que mi madre me acompañara a la finca de los Aínsa. Pero, para ella, venir conmigo y llevarse luego los zapatos viejos en una bolsa era una misión sagrada a la que no estaba dispuesta a renunciar.

17

En el tranvía, nos sentamos en el banco de madera. Mi madre lleva, apoyado en el regazo, un bolso grande, donde guarda mis zapatos de tacón. Su vestido es de flores menudas de color malva. Le cae sobre los hombros una chaqueta beige de punto. Yo voy medio envuelta en el chal de seda verde, miro la falda roja de mi vestido y mis viejos zapatos negros de charol. Vamos vestidas de una forma extraña. La ropa que mi madre ha escogido para el trayecto está a medio camino entre su ropa de estar en casa y la de salir a la calle, como si no estuviera segura de cuál es su función en este momento.

Miro hacia abajo, avergonzada. Me avergüenza mi madre y me avergüenza el chal que envuelve mi cuerpo. Es pretencioso, quiere hacerme parecer mayor de lo que soy. Pero a nadie le importamos. Es una tarde de domingo y la gente se encamina, como nosotras, hacia las afueras, a visitar a un pariente, a unos amigos, a dar un paseo por el campo, por el desierto, que ahora, en primavera, tiene, sobre todo al norte de la ciudad, una maravillosa tonalidad verde, ¡un milagro! Corre una brisa fresca que se filtra por las ventanillas mal ajustadas del tranvía. Me arrebujo en el chal. El verano está, otra vez, a las puertas. Esta brisa fresca es la despedida del invierno.

Siento una punzada de miedo en el estómago mientras mi mirada se pasea entre las personas que nos rodean. Trato de olvidarme del chal en el que estoy envuelta y de los zapatos nuevos que mi madre guarda en la bolsa que descansa en su regazo, de no pensar, sobre todo, en la pequeña operación del cambio de zapatos que tendré que hacer antes de entrar en la desconocida finca de los Aínsa, el momento de mi transformación, cuando los zapatos nuevos me alcen unos centímetros sobre el suelo. No me siento preparada para lo que me espera, si de verdad me espera algo. Quizás no haya nada al final del trayecto.

El viaje en tranvía llegó a su término. Mi madre y yo avanzamos por el borde de la calle, lleno de polvo y de hierbajos, sin aceras. Seguimos las indicaciones de mi padre. Vislumbramos enseguida la tapia de Las Terrazas. Me pregunté qué era lo que llevaba a mi padre a hacer incursiones por aquellos lejanos barrios, si iría solo, qué sacaría de todo aquello, de su conocimiento exhaustivo de la ciudad.

–Quizás sea el momento de ponerte los zapatos nuevos –dijo mi madre.

Me apoyé contra la tapia. Mi madre abrió la bolsa, desempaquetó los zapatos, los depositó sobre la hierba. Me cambié de zapatos muy deprisa, me parecía espantoso que alguien me viera, que me sorprendiera en ese momento, como si se tratase de un delito. Mi madre envolvió los zapatos viejos despacio, con parsimonia, los guardó en la bolsa que colgaba de su brazo. Le dije que no era necesario que me acompañara hasta la puerta. Sonrió y me dio dos besos. Luego, cruzó el sendero y siguió avanzando por el otro lado. Quería ver cómo entraba yo en la finca. Se iba a quedar allí, enfrente, hasta que yo desapareciera. Prefería no mirarla. Sentía su presencia al otro lado del sendero, andando a la vez que andaba yo, en paralelo, un poco por detrás de mí, como una sombra.

Pasaron junto a mí un par de coches, doblaron hacia la finca y se internaron en ella. Había un grupo de personas en el umbral, como si estuvieran esperando a alguien. Un hombre vestido con uniforme –librea, dijo luego mi madre– vigilaba la puerta. Entre el grupo de personas, distinguí caras conocidas. No las reconocí de forma inmediata. De pronto comprendí que las chicas del grupo pertenecían a la familia Moraleda. Llegó más gente. No vi de dónde salieron, luego me dijeron que habían venido, como yo, en tranvía, pero, afortunadamente para mí, no habían coincidido conmigo. Todos traspasamos el umbral.

Me volví un segundo hacia mi madre. Estaba allí, detenida al otro lado del sendero, con la bolsa colgada del brazo. No me hizo ningún gesto, sólo sonreía. Yo tampoco hice gesto alguno. La miré, y me uní al grupo de los Moraleda. ¡Qué entrada tan rara, como si yo fuera un miembro más de la familia Moraleda! Entré en la finca de los Aínsa, que acababan de hacerse ricos por un golpe de suerte, envuelta en la atmósfera festiva de aquella familia decadente, arruinada.

Avanzamos por el sendero blanco de grava, dejando a mi madre a mis espaldas, hacia la casa de los Aínsa, que apenas se veía. Tenía una sola planta y estaba rodeada de terrazas que surgieron al término del sendero bordeado de arbustos que no había visto en mi vida. Me pareció un jardín oriental, el paisaje de una película, la ilustración de un libro. Unas manos rozaron mis brazos desnudos –justo en ese momento, ante la puerta de la casa, me había quitado el chal–, unos ojos me miraron.

–Soy Mauricio Moreno Benají –dijo el chico que iba a mi lado.

Mientras recorríamos las terrazas por las que se accedía a la casa, Mauricio Moreno Benají empezó a contarme cosas de su vida, sin que yo hubiera tenido tiempo de hacerle ninguna pregunta.

Vivía en el piso principal de la casa de los Moraleda, encima del almacén. Era el hermano pequeño de cuatro chicos mucho mayores que él. Había sido un hijo tardío. Su madre era prima de la señora de la casa. A la tía Ángeles él sólo la recordaba vagamente, porque había muerto poco después de que él se trasladara a vivir a su casa. Mauricio era de pueblo. Cuando cumplían siete años, los chicos Moreno Benají dejaban el pueblo y se instalaban en la ciudad, en casa de sus parientes. Era la tradición familiar. Iban al colegio con sus primos y luego a la universidad. Se convertían en chicos de ciudad, listos para labrarse un porvenir.

Bailamos juntos, el primer baile de verdad de mi vida, no un baile al aire libre en la plaza Mayor de Estremera con uno de los hermanos de Modesta, sino un baile de salón, como imaginaba que eran los bailes del Casino, un baile de roces e insinuaciones, de extrañas normas llenas de significados ocultos. El calor que emanaba de Mauricio envolvió mi cuerpo. Yo no sabía bailar, nadie me había enseñado. Dijo: Déjate llevar.

Corrieron las horas y terminó la tarde. Los Moraleda me acompañaron a casa. En algún momento del trayecto, Mauricio Moreno Benají se esfumó.

18

El tío Cosme ya no venía a casa por las tardes. Cuando acababa el trabajo, se iba a la suya. La tía Inés estaba cada vez peor.

De regreso del colegio, me quitaba el pesado uniforme de lana y me ponía ropa de estar en casa. Era casi de noche. Había salido de casa con las primeras luces de la mañana y volvía, en invierno, en los inicios de la noche. A la hora del estudio, antes del rosario, los cristales de las ventanas se iban volviendo oscuros. Poco a poco, se iban alargando los días. Salía del colegio cuando aún reinaba la claridad del día y parecía que todavía quedaban muchas horas para su conclusión. Hasta la llegada de mi padre, deambulaba entre mi cuarto y la cocina, merendaba –era una hora tardía para la merienda, pero no me privaba de ese placer, que alcanzaba su cumbre cuando Modesta había hecho galletas de nata– y hacía los deberes.

Oía llegar a mi padre. El ruido de las llaves en la cerradura. Yo estaba en mi cuarto, estudiando, haciendo como que estudiaba, pensando. Mi padre se dirigía hacia el mueble bar y preparaba no sé qué cócteles y combinaciones. Ofrecía luego la bebida a mi madre, que ya se había convertido en una persona distinta, como si también ella acabara de llegar a casa y participara de la sensación de alivio que se siente cuando se terminan los deberes.

Mis padres juntos en el cuarto de estar, las copas sobre la mesa camilla. Mi madre ha dejado a un lado el cesto de costura, fuma lentamente un cigarrillo y se lleva la copa a los labios, como una mujer de mundo. Los miro desde la puerta y dudo un momento antes de entrar. Es una escena demasiado perfecta, cualquier movimiento puede quebrarla.

Tanto mi padre como yo pasamos muchas horas fuera de casa. Es sólo al final del día, antes de la cena, cuando empieza la vida familiar. A partir de este momento, nuestra existencia parece segura, llena de sentido. Después de cenar, ya puedo irme tranquila a mi cuarto a leer un rato en la cama, a pensar, desde mi cálido refugio, en lo que al día siguiente me espera en el colegio. No se escuchan gritos desde mi cuarto, sólo la música de la radio.

Llegaría al fin el último día de colegio. Me imaginaba andando por la calle, bajo el peso del calor del mediodía, vestida con el uniforme blanco de piqué de los días de fiesta, junto a mi madre, que, como todos los años, asistiría a la ceremonia de los premios. Tomaríamos, como todos los años, un helado en Los Italianos –una acogedora estancia fresca, a salvo del sol abrasador–, rodeadas de otras madres y otras compañeras de colegio, sabiendo que esta vez era la última, que este momento ya no se repetiría.

Todos esos años, esos días tan lentos, tan largos, que pesaban desde el comienzo porque se atisbaba, nada más iniciarse, la desmesurada duración y la implacable monotonía que se avecinaban, quedarían atrás para siempre. El tedio y el aburrimiento en el que estaba envuelto el orden meticuloso de los días quedarían encerrados en las aulas, en los pasillos, en el jardín. Pertenecían a ese mundo, se quedarían allí, junto al silencio, los rezos, las miradas furtivas y una gran cantidad de miedo. Concluía, al fin, esa sucesión de horas, días, meses y años que, mientras habían sido vividos, había parecido inacabable, como una cárcel del tiempo.

Había presentido siempre, a través de la insistencia de las monjas en que teníamos que estar muy bien preparadas para la vida que nos esperaba fuera del colegio, que entre esa vida y el mundo escolar existía una brecha casi insalvable, una absoluta falta de continuidad. Siempre había tenido la impresión de que cuanto acontecía dentro del colegio no tenía mucha relación con el mundo exterior y que toda esa preparación, que con tanta insistencia mencionaban las monjas, era inútil. Me parecía imposible que, nada más salir del colegio, nos fuéramos a transformar en aquellas mujeres perfectas que las monjas querían que fuésemos. Me preguntaba, llena de curiosidad, cómo sería yo en esa vida que me esperaba. Por las noches, desvelada, fantaseaba y llegaba a pensar que quizás en esa vida desconocida que se extendía, enigmática, delante de mí, desaparecerían mis miedos. Pertenecían al mundo del colegio. Fuera de él, no tendrían razón de ser.

Unos días antes del final de curso, al llegar yo a casa, mi madre me estaba esperando, preparada para salir. Acababa de recibir una llamada urgente. A la tía Inés le había dado un ataque. Ya se había calmado, pero se había quedado como muerta. Mi madre no había podido localizar a mi padre y me estaba esperando a mí, probablemente, porque prefería ir acompañada. No me lo dijo, sólo que me estaba esperando.

Volvimos a coger juntas el tranvía, pero este viaje no tenía nada que ver con la cálida y luminosa tarde de primavera en la que, apenas dos meses atrás, nos habíamos encaminado hacia la casa desconocida de los Aínsa. Era ya verano y, a esas horas de la tarde, aún hacía calor. Es un atardecer oscuro, bochornoso, el cielo está nublado.

Mi madre entró en el dormitorio de la tía Inés y yo me quedé en el cuarto de estar, hablando con el tío Cosme y rodeada de los perros que siempre había por allí. Siempre había cachorros nuevos que se acurrucaban en mi regazo y ronroneaban como gatos.

Era ya de noche cuando llegó Moncho. Hacía tiempo que no le veía. El tío Cosme dejó de hablar. Moncho se sentó a mi lado. Sus pies tropezaban continuamente con los míos. Los dejaba allí y yo no los apartaba.

Cuando mi madre salió del cuarto de la tía Inés, Moncho dijo que nos acompañaría de vuelta a casa.

–No hace falta –dijo mi madre–. Es mejor que te quedes con tus padres.

Moncho no insistió. Mi madre presentía algo. En casa, durante muchos días, sólo se habló de clínicas, hospitales y manicomios.

Llegó el último día de colegio. Fue un día solitario. La tía Inés aún no había sido internada, mi madre no se separaba de ella. No podía venir a recogerme, como tantas veces había imaginado yo.

Finalizó la ceremonia de la entrega de premios, hubo muchas despedidas en el vestíbulo y en el jardín delantero del colegio. Belén y Catalina habían desaparecido, sus madres les habían venido a buscar. Caminé hasta mi casa evitando el sol, bajo el peso ligero del uniforme blanco de piqué. Pasé por delante de Los Italianos, lleno de familias que celebraban el final del curso. Sin el sabor fresco y ácido del helado de limón en la boca, me recreé en mi soledad, como si fuera un signo de madurez, de la vida adulta a la que acababa de acceder.

Al doblar la esquina del callejón del Viento, al encontrarme, a mis pies, con las ventanas polvorientas del sótano del Almacén Moraleda, retrocedí a mi infancia. A la sensación de ignorancia, de pequeñez. Al deseo imposible de asomarme a los balcones y miradores del edificio donde vivían las familias de compañeras mías de colegio, mientras imaginaba cómo serían los pisos por dentro, y los amueblaba en mi fantasía con grandes cómodas y aparadores, mesas y sillas de maderas preciosas, lámparas, cortinas y objetos que proclamaban bienestar y lujo.

Ahora sabía que en uno de los pisos del edificio, en el principal, vivía Mauricio. No le había vuelto a ver. Nadie me había dado noticias suyas. Me lo encontraría, pasado el verano, en la universidad. Ésa era mi esperanza, que tarde o temprano me lo encontraría. También me lo podía encontrar allí, en la puerta de su casa, cuando yo pasaba por delante, dos veces al día. Llevaba el uniforme del colegio e imaginaba que no le gustaría así, que le parecería muy pequeña. Pero nunca me lo había encontrado.

No les había hablado a mis amigas de Mauricio. Era mi nuevo secreto. Muchas veces hablábamos de todo lo que nos esperaba, de las cosas tan importantes que nos iban a suceder ese verano, dentro de unos meses, quizás en el invierno. Yo callaba, porque ya me había sucedido algo importante.

Bajé por la cuesta de la Bodega Alta, como todos los días de mi vida colegial, todos los regresos del colegio, ahora con calor, tantas veces con frío, con viento, algunas veces con lluvia. No volveré a pasar por aquí con el uniforme puesto, al cabo de un largo, eterno día transcurrido entre los muros del colegio, me dije. Tantos años, tantas veces pensando en ese momento, y ya había llegado. Me pregunté qué haría mi madre con los uniformes. Probablemente, tiraría el azul marino y el abrigo, a los dos les había dado la vuelta ya. El uniforme blanco de piqué quizás no, quizás lo guardase para hacer algo con la tela, unas servilletas, unos paños para los armarios, esas labores que mi madre hacía siempre.

Estaba deseando perderlos de vista, liberarme de una vez por todas de los uniformes, pero el uniforme blanco de piqué era otra cosa. Me quedaba estrecho e incómodo, una y otra vez, año tras año, mi madre había ido sacando tela de las costuras, pero había sido el vestido de mi primera comunión, estaba unido a la idea de la excepción, de lo mejor que me podía suceder. Deambulé un rato por la casa vacía, aún con el uniforme, sin miedo ya a ensuciarlo.

19

El uniforme ya no colgaba de una percha dentro de mi armario. Cada mañana me ponía una cosa distinta, me peinaba de forma distinta. Tomaba el tranvía que llevaba a la universidad. Muchas veces regresaba a casa andando. Algunas noches me dormía pensado en lo que me pondría al día siguiente.

En la facultad de económicas, las chicas éramos minoría. Estábamos siempre rodeadas de chicos. Aunque sólo fuese por eso, pensaba que no me había equivocado al escoger la carrera. Me gustaba estar entre todos aquellos chicos sin que hubiera mediado ninguna clase de cita previa. Al principio, por timidez, me sentaba en las últimas filas, pero, pasados los días, adelanté unos puestos porque desde allí no se oía bien lo que decían los profesores. Acabé perteneciendo al grupo de las chicas, sentadas todas en las primeras filas. Enseguida empezamos a hablar entre nosotras.

Lamenté que mis padres no hubieran decidido, tiempo atrás, enviarme al instituto, porque aquel ambiente, mucho más desordenado e informal que el que reinaba en el colegio, me resultó inmediatamente cómodo. Cuando recorría los pasillos, camino del aula, iba medio sonriendo, en busca de otras miradas que también me sonrieran.

Me intrigaban los grupos de estudiantes conspiradores que se formaban a las puertas de las aulas y en los rincones del patio. Trataba de escucharles al pasar, de entender algo de lo que decían. Todas esas conversaciones me parecían emocionantes. Captaba, a ráfagas, cosas que jamás había escuchado. En la facultad de económicas se había formado un grupo muy activo de estudiantes rebeldes, una especie de embrión de un nuevo sindicato de estudiantes libre –la ley nos obligaba a pertenecer al sindicato oficial–, y, lo más importante de todo, democrático. Seríamos nosotros, los estudiantes, quienes elegiríamos a nuestros dirigentes, que se convertirían así en legítimos representantes nuestros. Se celebraban asambleas en el paraninfo y a veces, improvisadas, en el mismo patio a las que acudían estudiantes de otras facultades. Alguna vez vi, a lo lejos, en una de esas asambleas, a Mauricio Moreno Benají. ¿Era él? Sí, era él. El corazón me daba un vuelco.

Pero ahora había, cerca de mí, otros chicos que también me gustaban. Estaba segura de que, tarde o temprano, me encontraría con Mauricio. Ya no tenía prisa.

De la noche a la mañana, me vi inmersa en uno de esos grupos que conspiraban por los pasillos y que se reunían, después de las clases, en los bares del barrio de la universidad. Hice todo lo posible por aproximarme a ellos. Cuando pasaba a su lado siempre les miraba. Un día, me armé de valor e intervine en la conversación. Quedé incluida en el grupo de forma inmediata.

No sé si fue por un aumento de las tasas que había que pagar al hacer la matrícula –tardé en conocer el significado de esa palabra, tasas, que tanto se pronunciaba– o de los bonos de los comedores, o por las dos cosas a la vez, el caso fue que se convocaron, de forma regular, huelgas y manifestaciones. Al mediodía de todos los viernes había que ir a la cercana plaza de Cuatro Caminos y proferir gritos a favor de la libertad y de la democracia. Cuando el número de estudiantes dispuestos a manifestarse fuera mayor, la convocatoria se trasladaría a la plaza de América, en el centro de la ciudad. Estas manifestaciones de Cuatro Caminos eran como un ensayo, un preludio. Me daba mucho miedo acudir a ellas, porque las calles adyacentes estaban tomadas por la policía y después de gritar, dando palmadas, en medio de la plaza, paralizando la circulación, había que salir corriendo, esquivando a los hombres vestidos de uniforme gris y armados con porras que surgían por todas partes, pero me sentía obligada a hacerlo. No podía quedar como cobarde ante mis nuevos amigos.

Los viernes salía de casa vestida de forma discreta para no llamar luego la atención en la plaza, y calzada con zapatos cómodos, con la cabeza puesta en ese momento en el que hay que empezar a correr, que provocaba en mí una especie de pánico paralizante. No seré capaz de correr, me decía, la policía me detendrá y me hará subir a una de las furgonetas aparcadas, medio escondidas, por los alrededores, para llevarme a la cárcel. Y en la cárcel, ya se sabe, oscuridad, paredes frías. Quizás tortura. A veces, alguien se complacía en trazar un relato espeluznante de las horribles cosas que podían pasar en la cárcel. Sí, esas cosas horribles estaban pasando, aunque nadie lo supiera. Sólo unos pocos, los torturados, los torturadores y sus cómplices. Pero, además de esa espantosa amenaza, que tenía un ingrediente de incredulidad, porque la crueldad de la que es capaz el ser humano tiene un matiz irreal, como algo que no debiera existir, me horrorizaba la idea de dar ese disgusto a mis padres. Imaginaba el momento en que se enteraban de la noticia: su hija estaba en la cárcel. Veía sus caras de perplejidad, de espanto. Mientras transcurrían, demasiado veloces, las primeras horas de la mañana del viernes, procuraba apartar esas imágenes de mi cabeza. Mi única esperanza era que, por una u otra razón, se desconvocara la manifestación.

La televisión no hablaba de los estudiantes, como si no existieran. El mundo en blanco y negro que se filtraba en nuestra casa a la hora del café y cuando caía la tarde no tenía ninguna relación con la vida que yo estaba conociendo.

Habíamos sido una de las primeras familias en tener televisor, gracias a los extraños negocios de mi padre. No sé en qué andaría metido cuando, con motivo de la visita de Eisenhower a España, trajo a casa, por sorpresa, un aparato de televisión que ocupó desde entonces un lugar central en el cuarto de estar. Ése era el tipo de cosas que me había ayudado a considerar con relativismo la diferencia secreta que me separaba de mis compañeras de colegio. Incluso, a veces, a olvidarla o a intentar que no me hiciera sufrir, porque así era mi familia: debido al carácter de mi padre, nuestra situación económica subía y bajaba inesperadamente. Mi padre, además, según había dictaminado una vez el tío Cosme, era un señorito, lo cual, al cabo, ya se sabía un poco lo que significaba: un hombre sin el menor complejo de inferioridad social. Y yo, íntimamente, se lo agradecía.

Eso fue, quizás, lo que comenté a la hora de comer, con el ruido de fondo de la televisión, siempre encendida durante el horario de las emisiones, para saborearla al máximo, y que coincidía con el de las comidas: ¿por qué nunca mencionaban la lucha de los estudiantes? Había manifestaciones y asambleas un día sí y día no, y la policía, después de despejar la plaza de Cuatro Caminos a golpes de porra, había entrado más de una vez en el recinto universitario montada a caballo e incluso había echado mano de enormes cisternas de agua que parecían tanques de guerra y había disuelto a los estudiantes concentrados en los jardines con las mangueras.

Estaba explicando por qué razón protestaban los estudiantes, haciendo referencia a la subida imprevista de las tasas y del precio de los comedores, cuando mi padre dio un violento puñetazo sobre la mesa que hizo peligrar las copas de vino –también las de agua, pero eso importaba menos–, y dijo, a gritos:

–¡No tienes ni idea de lo que estás hablando! ¿Quién eres tú para dar lecciones a nadie? ¿Quién te has creído que eres?

Durante un breve lapso de tiempo –no sé lo que pudo durar, dos, tres minutos, quizás menos, quizás sólo fueron unos segundos...– no reaccioné, pero al fin, yo también grité, me levanté de la mesa y me refugié en mi cuarto. Arrastré hacia la puerta la mesilla de noche y la butaca medio desvencijada donde dejaba la ropa. Hasta que mi padre se fuera al estadio de fútbol, no pensaba salir del cuarto.

Mi padre y yo nunca habíamos tenido una conversación larga sobre algo, cualquier cosa, ¿qué sabía de él? Me invadió una repentina desconfianza, ¿por qué había gritado tanto, como si le estuvieran atacando?, ¿por qué se había puesto así?, ¿qué ocultaba?, mi padre era un completo desconocido para mí, ¿no sería su vida una gran mentira?, ¿cómo podía estar segura de la existencia de esos negocios en los que se embarcaba una y otra vez y que nunca salían bien?, ¡quién sabe dónde pasaba la mayor parte de su tiempo!

Sin embargo, una parte de mí sabía que la reacción de mi padre no era tan sorprendente. Había ganado una guerra y se sentía orgulloso de ello. Estaba completamente de acuerdo con el régimen político. Le molestaban, le irritaban, los alborotadores y los descontentos, cualquier cosa que sugiriese desorden y caos. Él, por su parte, era bastante desordenado, ni siquiera tenía un trabajo estable, se levantaba cada día a una hora –dormía mal–, algunas mañanas francamente tarde, casi a la hora de comer. ¿Acaso yo había imaginado que ese desorden suyo respondía a una clase de rebeldía íntima, por mucho que luego se esforzase en proclamar su adhesión a las normas más estrictas?, ¿había esperado, en definitiva, comprensión de su parte?, ¿era por eso, dejándome llevar por esa absurda esperanza, por lo que me había embarcado en dar, en la mesa del comedor, explicaciones tan detalladas sobre las protestas de los estudiantes? No se había producido todo aquel alboroto por un pequeño asunto de tasas –todos sabíamos que el coste de la matrícula no era muy alto y que además, en la mayoría de los casos, incluido el mío, el dinero salía del bolsillo de los padres de los estudiantes– ni por una leve subida del precio de los comedores –nunca había almorzado allí, no sabía cuánto costaba, pero sin duda no sería mucho–, sino por asuntos de más alcance. Sí, eso era lo que queríamos los estudiantes, libertad y democracia. ¿No resultaba, además, desproporcionado que el Estado respondiera a esas mínimas reivindicaciones de los estudiantes con porras y tanques? Mi padre había estallado cuando yo estaba a punto de quedarme atrapada en un razonamiento circular: ¿por qué protestábamos, entonces, por asuntos nimios o por cuestiones de fondo?

Me daba rabia ahora haberme embarcado en esa contradictoria explicación nacida, eso era lo grave, lo que me daba más rabia, de la esperanza de obtener comprensión por parte de mi padre. ¿Qué era lo que me había empujado a hacerlo? Mi padre no me había dado nunca la menor muestra de querer comprenderme. No había habido en él la menor voluntad de acercamiento. Más que sus gritos, me dolían mis palabras, las frases que había pronunciado yo. Aquél había sido uno de esos errores que duelen más por uno mismo que por las consecuencias que pueden tener en los otros. Detrás de mi error, estaba mi inocencia, mi confianza.

A última hora de la tarde, aparté los muebles de la puerta y salí del cuarto. Los domingos, mi padre cenaba con sus amigos del fútbol. Ya no existía el peligro de encontrarme con él. En el cuarto de estar, hundida en su viejo sillón de pana, mi madre cosía a la luz de la lámpara de pie, junto a la mesa camilla. Fui a mi cuarto a coger un libro y me arrellané en una de las butacas del tresillo. Hubiera estado más cómoda en el sillón que siempre ocupaba mi padre, pero no quise sentarme allí, como si estuviera contaminado.

Las lámparas iluminaban la labor de mi madre y las páginas de mi libro. El silencio era como una manta muy suave y ligera, que da calor sin que suponga ningún peso. Mi madre, como para darme conversación, me contó que la había llamado Modesta. Estaba embarazada. Le iba a hacer un jersey al futuro bebé como los que ella hacía siempre, de esos que no se empiezan desde abajo, sino de lado, y que en lugar de abrocharse con botones se atan con cintas. Tendría que mirar si aún le quedaba lana de la última vez que lo había hecho, si no, mañana la compraría.

Mi madre, con su vida distinta de la de mi padre y la mía. No quiere saber nada de gritos. Está centrada en sus cosas. Cenamos en la cocina. De vuelta al cuarto de estar, mi madre enciende el televisor. Volví a mi cuarto. Volví a empujar la mesilla y la butaca contra la puerta. Quería estar protegida al regreso de mi padre. No darle la menor oportunidad de hablar conmigo.

Lo primero que hice por la mañana del lunes fue ir a la ferretería a comprar un pestillo. Lo coloqué yo misma, sin decir nada a nadie. Como estaba dentro de mi cuarto, puede que mi padre no lo llegara a ver nunca. Mi madre, sin duda, sí lo vio, pero no hizo el menor comentario.

Mi padre y yo dejamos de hablarnos. Sólo coincidíamos, y no siempre, a la horas de la cena. Ni siquiera allí, en el espacio reducido del comedor, tan cerca el uno del otro, nos cruzábamos una palabra.

Por las mañanas, voy a la universidad. Cuando estoy en casa, me encierro en mi cuarto. Mi vida está llena de emociones nuevas. A mi alrededor, nadie se llevaba bien con sus padres, ¿qué tenía de raro el silencio que se había instalado entre mi padre y yo?

Estaba acostumbrada al silencio. Ese silencio de las largas horas escolares que, hasta hacía sólo unos meses, se rompía en el mismo momento de salir del colegio, en la puerta del pequeño jardín delantero, cuando mis amigas y yo empezábamos a hablar de forma casi ininterrumpida hasta los respectivos trayectos finales. Ya en casa, yo seguía hablando, con Modesta o con mi madre, y muchas veces, sola, en alta voz, por el pasillo. A partir de ese día, la casa fue el reino del silencio.

20

Veía de lejos a Mauricio. Sabía que estudiaba tercero de derecho, porque recordaba perfectamente todo lo que me había dicho en la fiesta de los Aínsa. Como la facultad de económicas, que estaba enfrente de la de derecho, era el centro de la agitación, los estudiantes progresistas de derecho, la facultad más conservadora de todas, pasaban sus ratos libres en la nuestra. Cuando no había asambleas, el bar de económicas estaba rebosante. Había visto a Mauricio más de una vez allí, acodado en la barra del bar, fumando, rodeado de amigos. Parecía una especie de líder. Me preguntaba cuándo me lo encontraría de frente y si me reconocería, si, al cabo de los meses, tendríamos algo que decirnos.

Las navidades estaban a la vuelta de la esquina. Era el último viernes antes de las vacaciones y, como de costumbre, se había convocado una manifestación en Cuatro Caminos. Desgraciadamente para mí, no había habido ninguna cancelación, de forma que, pocos minutos antes de las doce, acudí a la plaza con mis amigos de clase. Llevaba la indumentaria habitual de los viernes, abrigo oscuro y zapatos bajos. Me había recogido el pelo en una cola de caballo, con la idea de soltármelo luego y cambiar de aspecto, no fuera a ser que alguien me reconociera. Porque ése era otro de mis miedos, que un conocido de mis padres que casualmente pasara por la plaza me viera en el centro de la calzada, intentando parar la circulación, dando palmadas y profiriendo gritos de libertad, y decidiera que tenía que ponerles al tanto de las actividades de su hija.

Los gritos empezaron justo a mi lado. Por unos instantes, el miedo me paralizó. Luego empecé a gritar yo también, di unos pasos hacia el centro de la plaza, un par de palmadas. Sentí una garra alrededor de mi brazo. Me volví ligeramente, era una mano enfundada en un guante negro, una manga gris. La policía. El otro brazo también fue inmovilizado. Luché, hice todo lo posible por soltarme de aquellas garras, pero lo único que podía hacer era tirarme al suelo, dar patadas. No me llegué a caer. Pero los policías, ante mi reacción, que, por lo que fuere, no habían esperado –yo debía de tener un aspecto bastante inofensivo–, aflojaron la presión de sus manos. Comprendí que me había escapado. Una mano –desnuda, sin guante– tiraba de mí. Corría como una loca, sin pensar. Tenía la impresión de haber gritado mucho, de haberles dicho a gritos a los policías que no me podían detener, que mis padres se iban a llevar un susto terrible, que me tenían que soltar.

Estaba en una calle estrecha, a salvo. Miré a la persona que corría conmigo, tirando de mí. Era Mauricio. Sigue corriendo un poco más, dijo, hasta la esquina, no vuelvas la cabeza. Sentía mi mano dentro de la suya, me la apretaba tanto que casi me dolía. Dimos la vuelta a la esquina y anduvimos un rato, callados. No conocía esa parte de la ciudad, no sabía dónde nos encontrábamos. Sólo sabía que me había escapado de la policía, que Mauricio me había ayudado a escapar.

Entramos, de la mano, en un bar y nos sentamos en un rincón. Mauricio me miró y soltó mi mano, como si en ese momento cayera en la cuenta de que la tenía dentro de la suya y de que, probablemente, la estaba sujetando con demasiada fuerza. Se la enseñé y los dos examinamos las marcas que me habían dejado sus dedos. Nos reímos. Mauricio volvió a coger mi mano y la acarició.

¿Se acordaba de mí?, ¿sabía quién era yo? Los dos nos hacíamos la misma pregunta. Él también me había mirado de lejos alguna vez, pero yo nunca le había hecho el menor gesto de que lo hubiera reconocido. Pensaba acercarse un día a mí y preguntármelo. Me había visto, enseguida, justo antes de la manifestación, cuando los estudiantes dábamos vueltas por la plaza esperando el momento de empezar. Lo había visto todo, cómo los policías se habían abalanzado sobre mí, cómo había luchado yo. Estaba impresionado, dijo. Nunca había visto a nadie que se hubiera resistido tanto. No había sido el único que me había ayudado a escapar, me informó. La policía había detenido a un amigo suyo que también había acudido a ayudarme. Se encogió levemente de hombros, como si eso ya no le preocupara. Eran los riesgos de las manifestaciones.

En la calle, a unos metros del bar, nos besamos. Un beso lento, que lo borra todo, lo engloba todo. Los recuerdos que tenemos de la fiesta y de las veces que el uno ha visto al otro en la facultad se convierten, en este mismo momento, en el preludio de esta escena. Lo que sucede ahora es algo que se ha venido preparando. Han sido pasos que los dos hemos ido dando para llegar hasta aquí, a la emoción que sentimos ahora, después de haber corrido tanto, de haber escapado de la policía.

El leve calor del sol de diciembre sobre el paño del abrigo. El ruido y el humo de los bares. Un lento trayecto hacia casa. La fiesta de cumpleaños en casa de Concepción Aínsa fue el atisbo, la promesa. Todo había quedado pendiente. Empieza ahora. Ya no terminará. Vamos tomando vasos de vino en todos los bares. Al chocar, producen un ruido de cristales rotos. Un vaso se cayó al suelo y se rompió. No pasa nada, dijo el camarero al otro lado de la barra.

Me miro en el espejo del cuarto de baño de uno de estos bares, me suelto el pasador que sujeta mi pelo, me peino. Voy vestida de viernes, vestida de manifestación. El objetivo era pasar lo más desapercibida posible. No ha sido así. A pesar del miedo que he pasado, en este momento me alegro.

Le cuento a Mauricio ese recuerdo que tengo de cuando era muy pequeña. La primera vez que me había emborrachado, una borrachera como una enfermedad. Una noche. Mis padres habían salido y me había quedado sola con Modesta. Estábamos en la cocina. Su hermano había venido a verla. Un hombre grande, que se reía mucho. A mis padres no les gustaba nada, pensaban que le sacaba dinero a Modesta. Eso lo supe más tarde, cuando pasé un verano en el pueblo, en casa de Modesta. Modesta quería mucho a su hermano y él era muy simpático conmigo. Me sentaba en sus rodillas y me contaba historias de su pueblo, historias de cerdos y gallinas. ¡Pero qué bruto eres, Tomás!, no le cuentes esas cosas a la niña, protestaba Modesta. Pero luego la misma Modesta se reía como la que más. Aquella noche Tomás había traído un porrón y se empeñó en enseñarme a beber a chorro, a tragar el chorro que va cayendo en la garganta. El chorro de vino. Modesta había dicho que lo mejor sería poner agua en el porrón, en lugar de vino, pero Tomás se había reído de ella. No te preocupes tanto por la niña, dijo, un poco de vino no le hará ningún daño. Quizás no hubiera sido tan poco. Me había despertado en mitad de la noche. Estaba en la cama de Modesta, rodeada de extraños trozos como de miga de pan de color morado. Olía a vino, un espantoso olor a vino. Modesta me lavó, me cambió el camisón, me dejó sentada en una silla, muy arropada, mientras hacía de nuevo la cama con sábanas limpias. Me acosté, me quedé dormida de golpe y ya no se volvió a hablar del asunto. Mis padres no se habían enterado de nada.

Le cuento a Mauricio este recuerdo lejano de un tirón, es como si lo estuviera reviviendo para él. Un recuerdo que deja de ser un recuerdo, es una representación. Las manos de Mauricio envuelven las mías. Estoy en un lugar desconocido, nuevo, mucho más cerca de Mauricio que de mí misma.

Mauricio se convierte en la sombra que me sigue a todas partes. En parte inseparable de mí.

El número cuatro de la cuesta de la Bodega Alta ya no es el edificio desconocido que he mirado tantas veces con curiosidad. Los balcones, los miradores. El Almacén Moraleda, oscuro, abandonado. Entro en el portal muchas veces, paso muchas horas en el inmenso piso, lleno de habitaciones, de las que sólo llego a conocer algunas, las que Mauricio me enseña, las que le pertenecen un poco. Conozco, de refilón, a sus extraños inquilinos.

Me asomo al mirador, contemplo la calle, a las personas que suben hacia la calle Mayor o se dirigen hacia el paseo de la Bodega Baja. Las copas de los árboles están a la altura de mis ojos. Árboles de invierno, sin hojas. Me siento muy lejos de todas las personas que recorren la calle, muy lejos de mí misma cuando, hace meses y día tras día, durante años, recorría la calle.

21

En el piso principal del número cuatro de la Bodega Alta, además de Mauricio, vivía uno de sus hermanos mayores, un primo que era también mayor que Mauricio y un sobrino adolescente que aún iba al colegio. A éste era al que más se le veía por la casa. Los otros o no estaban o se pasaban el tiempo encerrados en sus cuartos. Pero lo que más me llamó la atención fueron las mujeres de edad indefinida que andaban por los pasillos y que podían surgir de cualquier rincón.

–Son las criadas y las hijas de las criadas y las hermanas y primas y parientes lejanas de las criadas de la tía Ángeles –me explicó Mauricio–. Vienen por temporadas o a pasar unos días, a nadie le importa.

Desde la muerte de la tía Ángeles, la casa, dijo, se había ido poblando de estas mujeres incatalogables. Unas dormían en la casa y otras estaban de visita. No se distinguían unas de otras. Iban vestidas con trajes oscuros. Algunas llevaban delantal, cuyo significado no estaba claro. Más de una vez vi a una de las mujeres de delantal sentada, mirando cómo trabajaba, limpiando los cristales o pasando el plumero por la superficie de los muebles, una mujer sin delantal. Mauricio vivía al margen de ellas. Abrían la puerta y recorrían los pasillos envueltas en murmullos indescifrables. Mauricio no les dirigía la palabra.

Pasaban la mayor parte del tiempo en la oscura zona de servicio, en la que nunca me adentré. Algunas veces no se las oía. O dormían o habían salido. Otras veces, se escuchaba de lejos el sonido de la radio, las voces monótonas de los concursos, las voces exageradas de los seriales, música de boleros y pasodobles, las tonadillas de la publicidad. Y se oían sus voces en murmullos, algún grito, alguna voz un poco más alta que otra, más estridente, más tensa, risas un poco ahogadas que no acababan de estallar.

Mauricio había tomado posesión de la sala de música. Trataba con sumo cuidado el mueble donde se guardaba el plato giratorio y el delicado brazo de metal. Levantaba la tapa con un movimiento casi etéreo, ajustaba el soporte de metal, buscaba entre los discos. La tía Ángeles había sido una gran aficionada a la música. Ella misma había tocado el piano como una virtuosa. Todos los Moraleda tocaban el piano. Eran tres, o quizás cuatro, los salones oscuros que se sucedían, separados por puertas correderas. La tapicería de terciopelo de los sillones era de un color indeterminado, de un dibujo confuso. Las alfombras, las cortinas, los cuadros colgados en las paredes, todo era oscuro, todo parecía muy antiguo y polvoriento, como a punto de venirse abajo, de deshacerse.

Mauricio se sentaba en la alfombra y extendía a su alrededor los discos de vinilo. Escuchábamos sinfonías, conciertos de piano, óperas, música moderna, jazz, música de music hall y salas de fiesta. Con la cabeza apoyada en el alto respaldo de uno de los butacones de terciopelo viejo, Mauricio seguía el ritmo de la música con un movimiento casi imperceptible de los pies. Sus dedos tamborileaban sobre el enorme brazo del butacón. El cigarrillo que sostenía en la mano se consumía solo. La ceniza caía sobre la alfombra o el mismo sillón. La tapicería tenía huellas de esas brasas que trazaban, antes de caer, una trayectoria roja y chisporroteante, como un pequeño fuego artificial.

Yo también fumaba, aunque no me tragaba el humo porque me producía ataques de tos. Mi garganta había sufrido una aparatosa operación de amígdalas, después de la cual me había quedado una persistente tendencia a la faringitis. Aspiraba el humo del cigarrillo para abandonarme al silencio de Mauricio mientras escuchábamos la música que se desgranaba lentamente, quejándose un poco, gastado, algo rayado, el disco de pasta negra donde mágicamente habitaba.

Llevábamos al cuarto de música los libros y los apuntes de clase. Los dejábamos sobre el velador de mármol blanco y negro, junto a los marcos de plata desde los que nos miraban la tía Ángeles –solemne y enjoyada– y los remotos parientes, junto al candelabro de plata labrada, las cajas de porcelana y una colección de bolas de cristal que guardaban en su seno flores de colores. Fumábamos, dejábamos pequeñas quemaduras en las tapicerías, escuchábamos música. Mi mano se cerraba alrededor de una de las bolas de cristal, la de las flores azules, la que más me gustaba. Nadie nos molestaba. Las puertas correderas estaban cerradas. El pasillo, oscuro, aún más oscuro que el salón. Hablábamos. Cuando estábamos a solas, casi nunca hablábamos de política. Allí, rodeado de aquellos muebles y objetos que no tenían nada que ver con las protestas de los estudiantes, porque representaban, aun en su decadencia, un mundo de comodidades en el que no faltaba nada –¿qué sentido tenía hacer reclamaciones desde aquí?–, a Mauricio le gustaba abandonarse a extrañas fantasías de felicidad. Se volvía locuaz. Hablaba tanto que a veces yo dejaba de prestarle atención.

No se oían voces por el pasillo oscuro. Sebastián, el hermano de Mauricio, piloto de aviación, estaba de viaje. Su primo Pablo se encontraba en su cuarto, entregado a su gran afición, las conexiones radiofónicas. Nano, el adolescente, no estaba en casa, una vez por semana recibía clases particulares a la salida del colegio. De las criadas no había ni rastro.

Mauricio me llevó a su cuarto. No era la primera vez que habíamos estado en su cuarto. Visitas fugaces en busca de algo. Lo miré despacio. Sobre el aire vetusto de los muebles, sobre los colores oscuros, pardos, mates, como todos los de la casa, de la cortina, la alfombra y la colcha, las paredes proclamaban la modernidad, la actualidad. Un gran póster del Che Guevara había sido clavado con chinchetas en la pared. A su lado, otro de Marilyn Monroe. Una bandera roja a la cabecera de la cama.

Me senté sobre la colcha de seda china de la cama, una tela muy suave, oscura, de estampado de flores. Apoyada contra las almohadas, pasé revista a todos los detalles del cuarto. La bandera roja a mis espaldas.

En ese escenario me inicié en el lenguaje privado y carnal del amor. El misterio de los cuerpos, desconocidos, inexplorados. Quería aprender, abandonarme al descubrimiento. Un placer imprevisto, del que nadie me había hablado. Me apartaba de todos los otros conocimientos, me desprendía de ellos como, segundos antes, me había desprendido de la ropa, con una gran sensación de liberación. Pesos que no servían, muros, cadenas. A veces, de golpe, sentía sobre mí la sombra del miedo, de la culpa. Caía sobre los cuerpos desnudos, desprovistos de la ropa, que siempre había sido parte del cuerpo, tan necesaria como el cuerpo. La ropa estaba ahora desperdigada por el suelo, sobre la alfombra, arrugada, vacía, sin utilidad. Daba vergüenza mirarla allí, sin recoger, sin doblar. Perdida la huella de la plancha, ya no parecía tan limpia como cuando había sido sacada, por la mañana, del cajón del armario. Daba vergüenza la sola idea de que alguien pudiera entrar en el cuarto y ver la ropa en el suelo y a nosotros en la cama, desnudos, sin protección. Al margen del mundo, entregados el uno al otro, como si el mundo jamás nos hubiera dado, ni siquiera prometido, algo semejante.

Nadie me había anticipado, a pesar de las veladas advertencias de los sermones de los ejercicios espirituales, que mi cuerpo guardaba dentro de sí la posibilidad de ese inesperado placer. Había allí una fuerza poderosísima, incontrolable, que asustaba un poco. ¿Sería por esa razón por lo que no se nombraba? Debía de ser parte fundamental de la vida de los adultos, pero al tratarse de algo tan sumamente privado, todos callaban, como si fuese algo prohibido.

22

Mauricio se reunía con un grupo de amigos en el Café de la Estación para comentar los libros cuya lectura les parecía imprescindible y discutir las acciones que había que emprender para hacer que el régimen se tambaleara. Una vez por semana, yo era admitida en una de esas reuniones. Leíamos a Lenin, a Trotski, a Marx, a Bakunin. La revolución rusa como si fuera una asignatura pendiente, esencial, que hubiéramos debido estudiar junto a las matemáticas, la gramática, las ciencias naturales y todo lo demás. Era parte inseparable de nuestras vidas, aunque no lo hubiéramos sabido. Mi ignorancia me parecía insondable, casi irreparable. Me perdía entre las páginas de aquellos libros voluminosos mientras aspiraba, sin tragármelo, el humo de los cigarrillos sin filtro que fumábamos los estudiantes, los más baratos. Mi pelo olía a humo.

Durante mucho tiempo, el Café de la Estación permaneció inmutable, con la misma oscuridad, el mismo suelo cubierto de serrín y servilletas de papel sucias, arrugadas o hechas una bola. Incrustado en el muro de la estación de Las Delicias, era como una cueva que hubiera sido excavada junto a las vías del tren para viajeros que, por falta de dinero o decisión, no pueden abandonar la ciudad. Toman café espeso y negro, beben vino barato, licores de garrafa, sin marca, sin etiqueta. Son caras herméticas, ya no guardan palabras. Entre estos hombres oscuros, los estudiantes que discuten sobre las condiciones extremas del campesinado ruso y las consecuencias revolucionarias del pacifismo, se sienten protegidos. Esta gente no les delatará. No escuchan, no miran hacia fuera. El dueño sí. A veces, una palabra se destaca, una palabra peligrosa, prohibida. El dueño frunce el ceño. Sería mejor que los estudiantes se fueran a otra parte, no necesitamos su revolución.

Nos sentábamos a una de las mesas del fondo. Me daba miedo que alguien del grupo me interrogase, que me pidiera mi opinión sobre cualquier cosa. Mauricio era mi protector. Era él quien me había introducido en el grupo. Nadie lo había puesto en cuestión. Él nunca me preguntaba nada. Pero, frente a las miradas inquisitivas de los otros, yo no me sentía del todo a salvo. Alguna vez, como para probarme, me hacían una pregunta sobre algo. Yo solía contestar siempre de la misma manera: Estoy de acuerdo. En una ocasión, uno de ellos clavó en mis ojos una mirada oscura y afilada.

–¿De acuerdo con qué? –preguntó.

–Con lo que ha dicho Mauricio.

–¿No quieres añadir nada?

Mauricio acudió en mi ayuda y desvió la conversación.

Aquellas reuniones me estremecían. Había accedido a ellas como un privilegio. Después de comer, en silencio, con mis padres, me encaminaba hacia el Café de la Estación con el pulso acelerado. Huía de la monotonía familiar, de los susurros del pasillo en penumbra, de los recuerdos colegiales, de tantas horas de silencio, rezos y secretos, de todos los sermones que había escuchado sobre la salvación. Ahora se trataba de la justicia. Me sentía dolida, como si hubiera sido engañada con premeditación, y quería reparar el error cuanto antes. Pero sabía que los amigos de Mauricio no me ayudarían. No confiaban en mí. Quizás pensaban que mi indumentaria de los viernes era un disfraz. Sospechaba que, en lugar de considerar como una proeza el haber escapado de las garras de la policía en una manifestación, me echaban calladamente en cara que otro estudiante, más comprometido que yo, más solidario, hubiera sido detenido en mi lugar. Evidentemente, la policía se había equivocado al intentar detenerme, yo no tenía ficha policial, era una desconocida estudiante de primer curso, y todos sabíamos que la policía aprovechaba las manifestaciones para atrapar a los estudiantes fichados. Al rebelarme contra ese error de la policía, había puesto en peligro a un camarada. El estudiante en cuestión ya había salido de la cárcel, pero eso no me libraba de la culpa. Para acabar de delatarme, allí estaban mis zapatos negros de hebilla plateada –de tacones anchos pero altos– y el abrigo recto de cuadros rojo y negro, que mis tías habían regalado a mi madre y que por fin había pasado a mí, que yo llevaba de lunes a jueves.

Algunos de los miembros del grupo pertenecían al partido comunista. Sin duda, Mauricio. No se decía nunca. A su alrededor, todos lo sabíamos. La policía lo sabía. Los demás éramos –para ellos, para la policía– candidatos potenciales. Conmigo nadie ejercía el proselitismo. Ni Mauricio ni los otros. Los otros, porque no querían inmiscuirse en el mundo de Mauricio. Mauricio, porque no quería que yo me inmiscuyera en el suyo.

Algunas veces, Mauricio y yo quedábamos citados con ellos a última hora de la tarde. No todos los del grupo eran duros de verdad. Casi todos, en un contexto distinto, se olvidaban de su papel de inspectores, de guardianes de la verdad revolucionaria. Y si por alguna razón me quedaba a solas con ellos, se comportaban como si fuésemos iguales al resto de los estudiantes, los que no pertenecían al grupo y no se sentían obligados a conocer la verdadera historia de la humanidad ni a dirigir los cambios que se avecinaban. Nos reíamos, hacíamos bromas, olvidábamos la tensión y los compromisos políticos.

Había un chico alto y desgarbado que tenía muy buena voz, un poco rota de tanto fumar. Al final de las discusiones, si es que nos encontrábamos en el piso de alguien o en un bar, ya casi vacío, a última hora de la noche, desgranaba, acompañándose de la guitarra, la serie de canciones de protesta que nos conocíamos de memoria. A veces, terminaba con una canción de moda, una canción ligera.

Por primera vez en mi vida, conocí a personas cuyas familias habían sido republicanas. Me sorprendió, como si hubiera pensado que los republicanos no habían existido. Entre ellas, Susana Palacios, que, aunque estudiaba económicas como yo –iba un curso por delante del mío–, pertenecía al grupo de Mauricio. Fue la primera chica que usó pantalones en la facultad, no porque fuera esencialmente moderna, sino por provocar, porque era una abanderada de la igualdad y consideraba que las faldas y las medias eran un oprobio para la mujer. Me miraba por encima del hombro.

Nunca hablé con Susana. Nunca me quedé a solas con ella. Susana, cuando hablaba, sólo se dirigía a Mauricio y a alguno de los duros, sólo ellos –los comunistas– parecían estar a la altura de su inteligencia y su compromiso. Pero todos la admirábamos, incluso yo la admiraba. El hecho de que usara pantalones era ya bastante admirable. El único jersey que le conocí era largo y de lana fina, un jersey de hombre, gris marengo, de cachemir. Nadie usaba jerseys de cachemir, estaban fuera de nuestro alcance, había que ir a Londres para comprarlos, ¿quién de nosotros viajaba por el mundo en aquella época? Susana se peinaba con el pelo recogido hacia atrás en trenza o cola de caballo. Sus facciones eran muy finas, su piel, transparente. Tenía cierto parecido con Joan Baez. Cuando el chico alto desgarbado cantaba el repertorio de Joan Baez, le lanzaba a Susana miradas que querían ser cómplices. No había respuesta. La voz del chico se quebraba, suplicante. Nunca oí que nadie le dijera a Susana que se parecía a Joan Baez. Decirle a Susana algo así hubiera sido una frivolidad. Leía mucho, no sólo libros de doctrina política y sobre la historia de las revoluciones, sino de sociología y psicología, también novelas, y entendía mucho de cine. Pero lo que distinguía a Susana de todos los demás, lo que le confería un prestigio insuperable, era que su padre había sido represaliado después de la guerra. Era abogado y no le habían dejado ejercer.

Le pregunté al tío Cosme por el padre de Susana. Desde que la tía Inés había sido recluida en el manicomio, el tío Cosme había recuperado su antigua costumbre de pasar un rato por casa después de salir del banco.

–Al término de la guerra se cometieron muchas injusticias, eso hay que reconocerlo –dijo–. El caso de Francisco Palacios es una de ellas. Le han hecho la vida imposible sólo por sus ideas, sólo por lo que pensaba, nada más. No luchó en el frente ni hizo daño a nadie, se mantuvo al margen, incluso ayudó a más de uno del bando nacional. No tuvo nada que ver con los comunistas, ni mucho menos con los anarquistas. Era un hombre democristiano. Claro que eso sigue molestando.

Luego, aprovechando que mi madre salió del cuarto,

me preguntó cómo iban las cosas entre mi padre y yo. Me aconsejó prudencia. Prudencia en todo, recalcó. Me comprendía, susurró. La sociedad era injusta, no se permitía la menor oposición. A la larga, era un error. Era como una olla de agua hirviendo que el régimen se empeñaba en mantener tapada. Podía estallar. Entendía las reivindicaciones de los estudiantes, los jóvenes siempre habían sido así, rebeldes, siempre habían reclamado libertad. Mi padre había sido un exaltado, dijo, siempre andaba con sus amigos falangistas, todos muy señoritos, más que nadie, aunque presumieran de tener inquietudes sociales. Lo mejor era no discutir con él.

Volvió mi madre y el tío Cosme cambió de conversación.

Yo seguía cerrando la puerta de mi cuarto con pestillo, aunque quizás ya no hiciera falta. Mi padre parecía completamente desinteresado de mí, apenas me miraba. Oía sus pasos al otro lado de mi puerta cerrada y respiraba con alivio cuando se alejaban. Él tampoco quería hablar conmigo. Pero yo prefería tener la seguridad de que mi cuarto fuese para él un territorio vedado.

A solas en mi cuarto, separada de todos, me decía que no dejaba de ser curiosa la rapidez con que se habían producido todos esos cambios, como si durante años yo los hubiera estado aguardando. Incluso la religión, que había ocupado un lugar tan importante en el colegio, con todos sus ritos y celebraciones y sus oraciones casi continuas, había desaparecido. La política había ocupado su lugar. Pero más allá de las ideas políticas que tanto discutíamos y que me daban una nueva visión de la realidad –prácticamente contraria a la que durante años habían tratado de inculcarme–, lo que me gustaba era estar ahí, rodeada de personas que había escogido yo, y era consciente de que la mayor parte de ellas me devolvían miradas de interés. En el caso de los chicos, algo más que eso. Volvía, ampliada, aquella sensación de ser dueña de un extraño poder que había sentido por primera vez en el río, con mis primos. Sentía una intensa e inesperada confianza en el mundo exterior. Y creía que nunca la perdería.

23

Por las tardes, si no había quedado citada con Mauricio en el Café de la Estación o en cualquier otro lugar, salía de casa en cuanto terminaba de comer y me dirigía hacia el número cuatro de la cuesta de la Bodega Alta, hacia ese edificio que mis ojos habían recorrido tantas veces, llenos de intriga, en el pasado.

Nunca llegué a saber cuáles eran las familias que aún vivían en el inmueble. Mauricio presumía de no saber nada de sus vecinos. No hablaba de sus familiares, no se trataba con ellos. La familia Moraleda le había dado la oportunidad de hacerse con una buena formación. Para él, eso era lo único interesante de los Moraleda. Mientras yo subía por las escaleras, camino del piso de Mauricio, pensaba en mis antiguas compañeras de colegio, las ocupantes de la mesa de al lado en el refectorio. Quizás ya no vivían allí. Nunca me crucé con ninguna de ellas.

En el descansillo, delante de la puerta del piso, siempre tengo que esperar un rato. La puerta no se abre enseguida. Aparece al fin una de esas mujeres tan poco catalogables, una mujer que bien pudiera ser siempre la misma, aunque unas veces lleva delantal y cofia de doncella y otras un abrigo raído. Nada de saludos, ni siquiera murmullos. Silencio total, como si la norma fuera eso, no decir una sola palabra cuando se abre la puerta. Después de cerrarla, echaba a andar detrás de mí. Sentía sus pasos a mis espaldas. Me detenía para entrar en el cuarto de Mauricio, la criada pasaba a mi lado sin mirarme. Mi presencia en la casa no era de su incumbencia.

Luego desaparecía por el pasillo murmurando algo. Su voz ya estaba fuera de mi alcance.

Mauricio decía: No es mi casa. Los dos Moreno Benají que aún vivían en el piso –los otros hermanos ya trabajaban y vivían en otra parte– estaban allí de prestado. Mauricio no invitaba a sus amigos a visitarle. En cuanto acabara la carrera, pensaba irse a vivir a un piso en las afueras en un barrio modesto, un barrio obrero, en Madrid o en Barcelona, donde más se le necesitara, donde pudiera ser verdaderamente útil.

Había llegado al piso sin haber cumplido los ocho años. Celebraron su cumpleaños en el inmenso comedor. Una merienda muy formal servida en la gran mesa, rescatada de la penumbra por la luz deslumbrante que irradiaba de la gran lámpara de araña. Era una mesa tan larga que hubiera podido reunir a varias familias, el mantel blanco llegaba hasta el suelo, estaba completamente cubierta de fuentes, de platos, de vasos. Había de todo, bollos, tartas, pastas, también cosas saladas. Mauricio no podía recordar si sus padres habían venido del pueblo a celebrar su cumpleaños. Estaba tan asombrado de ser la causa de aquella celebración que no había retenido ninguna otra cosa en su memoria.

–Yo era un pequeño traidor –se rió entre dientes, con la cabeza apoyada en el respaldo del sillón descolorido, abandonado a sus recuerdos–. Mis padres ya no me importaban. Sigo siendo un traidor. Siempre lo seré. Una parte de mí pertenece a este mundo, a esta casa, aunque no sea mía. Es parte de mí.

Aunque los Moraleda se hubieran arruinado, su pasado de gran familia se palpaba en todos los rincones de la casa. En las alfombras, las cortinas y las tapicerías raídas, en los marcos de plata salpicados de manchas oscuras y los innumerables objetos que cubrían los muebles, las mesas de todos los tamaños, los aparadores y escritorios, faltos de lustre, rayados, incluso desvencijados, en la misma oscuridad que reinaba en aquel espacio confuso e inabarcable, donde un salón se sucedía a otro y un pasillo de pronto daba la vuelta y se perdía, podía leerse la historia de esa familia cuyos apellidos había oído pronunciar desde la infancia. Ahora vislumbraba lo que había debido de ser la vida en esa casa en los tiempos de gloria del Almacén Moraleda, ese nombre que mis padres y mis tías mencionaban con nostalgia cada vez que mi padre debía hacerse un traje o cuando, mientras hablaban de telas o de compras, quién sabe por qué, les venía la antigua tienda a la cabeza.

Cuando Mauricio había llegado a la casa, la puerta del almacén que daba a la calle ya estaba siempre cerrada con candado. Sin embargo, recordaba que de vez en cuando venía alguien a comprar alguna pieza de tela, restos que quedaban por ahí, y la tía Ángeles en persona bajaba al almacén, al que se podía acceder por una puerta estrecha, al pie de la escalera. A pesar de esa decadencia, la vida en el piso, hasta el final de sus días, se había mantenido al margen de cualquier sospecha de ruina. La tía Ángeles era una gran despilfarradora, una persona sin el menor sentido del ahorro. Desaparecida la señora de la casa y propietaria de todo el inmueble, repartida la herencia, los pisos habían empezado a venderse. También el almacén sería traspasado, si al fin se llegaba a un acuerdo entre los herederos. La tía Ángeles se había negado rotundamente a iniciar cualquier trámite que tuviera que ver con el almacén.

Ya no se utilizaba el inmenso comedor. Todas las comidas se hacían en un cuarto más pequeño. A las horas de las comidas, Mauricio solía coincidir con su primo Pablo, que dos veces al día abandonaba su cuarto lleno de transmisores y cables para almorzar y para cenar, cada vez un poco más viejo y más encorvado, más lejos de la realidad de los otros, los que vivían cerca de él. Comían en silencio, cada uno inmerso en su mundo. Por las noches, solía sumarse Nano, el adolescente. No siempre. A veces, como regresaba del colegio muerto de hambre, cenaba antes.

El hermano de Mauricio, Sebastián, piloto de aviación, no era un comensal habitual. Cuando se encontraba en el piso, en la mesa había una novedad: había vino. Las mujeres tenían debilidad por Sebastián. Le vi muy pocas veces. Sus apariciones siempre dejaron un halo de gestos y risas en el aire. Tenía una gran facilidad para desenvolverse en el mundo. No era raro que se dedicara a volar, el mundo común y corriente se le quedaba corto. Las mujeres fantasmales que deambulaban por el pasillo le admiraban por todo lo que sugerían sus viajes, porque era capaz de hacer que un inmenso y pesado aparato se elevara por los aires y navegara más allá de las nubes. Sebastián sabía cómo tratar a las mujeres de la casa. Le reían todas las gracias con los ojos brillantes y haciendo grandes aspavientos. Si sabía tratarlas a ellas, que no eran nada, que vivían medio confinadas en el oscuro territorio del final del pasillo, ¿cómo trataría a las otras, a las mujeres elegantes que poblaban los salones, las cafeterías, los vestíbulos de los grandes hoteles, esas mujeres que viajaban y se movían por el ancho mundo con naturalidad, como si les perteneciera, esas mujeres que, sin duda, eran la compañía habitual de Sebastián?

Mauricio, de pronto, se quedaba callado. Se diría que se había cansado de hablar. Estábamos en el cuarto de música o en su dormitorio. Inesperadamente, interrumpía su discurso, perdía la mirada. Inútil insistir, preguntarle algo. Si yo decía algo –y siempre decía algo, no podía aceptar, callada, esa extraña situación–, Mauricio, como si hubiera estado esperando que le dieran esa oportunidad, como si mis palabras y mi desconcierto fueran una señal, se levantaba y se iba. Me dejaba allí, sin saber qué hacer. Rememoré los repentinos desánimos de don Rafael Casas, el profesor de matemáticas. Nuestra estupefacción. Quizás Mauricio fuera un poco como don Rafael, quizás tuviera un fallo en su interior, una duda, algo que de pronto lo separaba del mundo.

Sola en uno de los cuartos del inmenso piso de los Moraleda, más de una vez había estado tentada de marcharme, de deslizarme por el largo pasillo en penumbra en dirección a la puerta. Que luego, cuando Mauricio volviera, no me encontrara en el cuarto, que se preocupara por mí y por lo raro que él mismo era. Pero me daba miedo aquel pasillo, como si me pudiese perder en su oscuridad, como si, en lugar de llegar a la puerta de salida, pudiera, por un extraño error, aparecer en una de las misteriosas habitaciones cuyas puertas estaban siempre cerradas. La sola idea de tenerme que enfrentar, de golpe, a las miradas inquisitivas de los otros pobladores del piso, me retenía dentro del cuarto de Mauricio. Imaginaba que, después de examinarme con mirada fría, los desconocidos me preguntarían qué era lo que hacía yo allí. Yo era una intrusa en el piso de los Moraleda. Una intrusa que pasaba muchas tardes encerrada en el cuarto de Mauricio. También me podía encontrar con una de aquellas mujeres de edad indefinida que de vez en cuando surgían de las sombras y que me miraban un instante con hostilidad para apartar enseguida los ojos de mí, mientras movían levemente la cabeza hacia los lados, negando mi existencia.

Me quedaba en el cuarto de Mauricio, sin poder hacer otra cosa que desear que regresara cuanto antes. Sus ausencias duraban unos minutos, sólo en una ocasión se demoró casi una hora entera y me enfadé y le hice prometer que no volvería a hacerme una cosa así.

Nunca le vi actuar de esa manera dentro del grupo, aunque con cierta frecuencia se percibía en su voz un matiz de profunda irritación. Era cuando, mientras estaba expresando una opinión, la atención de los demás no parecía tan atenta como de costumbre o más excepcionalmente, cuando, asomaba cierta expresión de desacuerdo en las miradas de los otros. No toleraba que le llevaran la contraria, no ser, siquiera por unos segundos, el centro del grupo.

El miércoles por la tarde es un día especial. El único día de la semana en el que Nano, que, cuando está, trata de pegarse a nosotros, llevado por su admiración incondicional a Mauricio, no se encuentra en casa. Un profesor le recibía en la suya para darle clases particulares, no sé de qué, a lo mejor de todo. Quizás fuera una especie de tutor. Yo iba directamente al cuarto de Mauricio. Nadie osaba entrar en él. Nadie osaba, siquiera, golpear levemente su puerta. Estábamos solos en la casa, eso parecía. El pasillo, oscuro y en silencio. A lo sumo, aquellas remotas voces, sonidos confusos, música lejanísima, provenientes de la misteriosa zona de servicio.

Desde la altura de la cama de Mauricio –más alta que

la mía y que la de mis padres–, paseaba los ojos por la enorme cómoda cuyos cajones se resistían a ser abiertos y chirriaban, las tulipas que pendían del techo, los apliques a ambos lados de la cama, el aparador con el lavabo de mármol rosa y los grifos dorados que no cerraban bien. Siempre una gota de agua allí, en el borde del grifo.

Había sido el dormitorio de Amalia Moraleda, una de las hijas de la tía Ángeles, la primera que había abandonado la casa familiar. Ésa era la única historia familiar que le gustaba contar a Mauricio. Leandro Moraleda se había opuesto con obstinación a la boda de su hija. El pretendiente era un joven ocioso que pertenecía a una familia medio aristocrática. Si algo odiaba Leandro Moraleda era la ociosidad. Los rentistas eran la lacra del país. Pero Amalia no era una mujer dócil. Nunca se había llevado bien con su padre y no se doblegó. La madre se puso de parte de la hija. La pareja se fue a vivir a un piso que la misma tía Ángeles compró, sin consultarlo con su marido, y, allí instalada, siempre bajo la protección de la todopoderosa madre, inició una vida de espectaculares y continuas peleas matrimoniales. Leandro Moraleda se desentendió de su hija. El destino, como para darle la razón sin proporcionarle nuevos disgustos, hizo que Amalia se separara formalmente de su marido poco después de la muerte de su padre. Amalia regresó, al cabo de unos años, al piso familiar, regresó a su cuarto de soltera en el que finalmente, después de que ella lo volviera a abandonar, tras la muerte de su madre, para irse a vivir con otro hombre ocioso y entrampado, se había instalado Mauricio. Era el cuarto que a Mauricio siempre le había gustado más, como la mujer que lo había habitado, el único miembro interesante de la familia, decía.

Amalia tendría en ese momento alrededor de cuarenta años. Quizás más cerca de los cincuenta que de los cuarenta, era difícil saberlo. Llevaba el pelo teñido de rubio, vestía siempre de negro, calzaba zapatos de tacón alto. Había roto las normas por las que se regía su clase social, se relacionaba con otro tipo de gente.

Cuando yo pasaba por delante del bar Savoy, en la Gran Vía, justo en el inicio de la calle del Príncipe, miraba hacia su interior. Allí estaba ella, apoyada en la barra, acompañada de un grupo de hombres y mujeres desenvueltos y bulliciosos.

También a mí, como a Mauricio, me gustaba Amalia y me gustaba saber que el cuarto que yo habitaba las tardes de los miércoles había sido suyo.

24

Pasar las tardes en el piso principal de la casa de los Moraleda tenía para mí un significado que iba más allá del mero hecho de estar a solas con Mauricio sin que a nadie, a no ser a su sobrino Nano, se le ocurriera irrumpir en nuestra soledad, porque ese edificio siempre había representado para mí un mundo inaccesible. Era, probablemente, lo mejor que me estaba pasando, pero no lo único. Me gustaba ir a clase, me gustaban las asignaturas, unas más que otras, y sobre todo, mis compañeros de clase.

En el tercer año de carrera, me presenté a las elecciones para los delegados de curso del sindicato democrático de estudiantes, ilegal, que en la facultad de económicas funcionaba como si fuera legal. Hablé con todos y cada uno de los estudiantes de mi clase para tratar de convencerles de las indudables ventajas que representaría para ellos el que yo fuera su delegada. Debí de ser muy persuasiva porque salí elegida y entré a formar parte del grupo que se codeaba con los dirigentes. El presidente de la cámara se reunía una vez al mes con los delegados de los cursos y, por nuestra parte, los delegados nos reuníamos casi todos los días. En aquel ambiente tan agitado, siempre había razones para convocar una reunión. Los bares del barrio estaban llenos de estudiantes conspiradores.

Las reuniones me quitaban mucho tiempo de estudiar, pero, a la vez, convertían el tiempo dedicado al estudio en algo casi heroico, lo que me producía una satisfacción muy especial. Estudiaba un rato en el piso de Mauricio y por las noches en casa, sin ruidos familiares ya, el pasillo oscuro, sólo el gemido del viejo edificio de pronto, como si suspirara, medio dormido, o tuviera problemas para conciliar el sueño. La luz del flexo enfocaba los libros y cuadernos. La música de la radio sonaba muy baja, sólo para mí. Eran ratos en los que me volvía a encontrar a mí misma a solas, separada del mundo, entregada a algo que, más que a nadie, me interesaba a mí. Para disfrutar más de ese rato, empecé a escribir. Eran frases un poco inconexas, no se me ocurría nada concreto, no sabía bien lo que quería expresar.

Algunas tardes, Mauricio, que estaba ya en quinto de derecho, se quedaba en la biblioteca de su facultad, haciendo trabajos para los que necesitaba consultar varios libros. Empecé a salir con mis compañeros de clase, a ir con ellos al cine o de vinos, de bar en bar. Yo era la novia de Mauricio, a quien conocían de verlo conmigo por los pasillos, en las asambleas y en las manifestaciones. Mauricio tenía un halo, se sabía que era uno de los que dirigían la lucha universitaria desde la sombra. Estaba siempre allí, junto a los delegados y el presidente del sindicato, pero él no se presentaba a las elecciones, se dedicaba a asuntos de fondo, a pensar e idear estrategias. Yo tenía la impresión de que mis compañeros de clase no se atrevían demasiado a intimar conmigo, como si el hecho de tener novio –y un novio como Mauricio– les coartara. Pero en la oscuridad acogedora de las salas de cine o en los bares de mesas de formica sobre cuya superficie reposaban ceniceros llenos de colillas y los vasos de vinos iban y venían, se vaciaban rápidamente y se volvían a llenar, no resultaba tan difícil que las distancias se acortaran.

Yo era una chica más, aunque tuviera novio. Hubo besos y abrazos furtivos con más de uno de mis compañeros de clase. Paseos por calles remotas y poco transitadas, protegidos por las sombras de los atardeceres de invierno, la sensación de estar escapando de algo, de estar haciendo algo que no estaba previsto, que está más allá de lo prohibido.

Cuando, después de uno de estos paseos –un beso apasionado en un portal, en el recodo de una calle estrecha–, me reúno con Mauricio, soy capaz de verle de lejos, como si no hubiéramos pasado juntos tantas horas de tantos días de tantos años –todos los años que llevo en la universidad–, y eso es algo que me produce cierto alivio, verle de lejos y que me vuelva a gustar. Ha ido surgiendo dentro de mí, primero de una forma vaga y, poco a poco, con más claridad, una serie de preguntas sobre Mauricio. Sobre lo que representamos el uno para el otro. ¿Qué es lo que Mauricio ve en mí?, ¿qué busca, qué quiere de mí? Aún recuerdo lo que yo esperaba de él, lo que en el fondo esperaba de la vida: ser entendida. Sí, al fin, ser entendida por alguien. Sin necesidad de hablar de todo, de relatar todos los capítulos de mi vida. Ser entendida por mi forma de ser, por la manera en que hablo, por el tono de mi voz, por mis gestos, por la mirada. Siempre había confiado en que alguien se diera cuenta de cómo era yo. De una forma mágica, instantánea. Había pensado que en eso consistía el amor.

Tengo la sospecha de que Mauricio ya no se pregunta

nada sobre mí. Se ha acostumbrado a tenerme a su lado. Las tardes de los miércoles aún son importantes para él. Pero de regreso de mis paseos clandestinos, presiento que las cosas que nos gustan mutuamente no son sino externas, superficiales. Como si nos enamorásemos de la ropa que viste una persona más que de la persona, de todo lo que la distingue desde fuera. Me pregunto si es eso lo que nos ha pasado. Entonces me entra una especie de nostalgia anticipada de él. Como si los dos supiéramos que todo se ha acabado entre nosotros y no lo quisiéramos decir, porque todo se ha dicho ya y no ha servido.

25

No me separé del todo de Mauricio. Llegamos a un extraño acuerdo: se mantenían las tardes de los miércoles, pero nos comprometimos a comunicar el uno al otro la aparición de una nueva persona en nuestras vidas.

¿Dónde se metía ahora Mauricio, una vez que ya había acabado la carrera y apenas aparecía por la universidad? Estaba, como de costumbre, muy ocupado, siempre yendo de un lado para otro. Seguía con sus misteriosas reuniones del partido, pero puede que hubiera algo más. Otras amistades, ambientes distintos, un campo de acción nuevo.

Yo pensaba en acabar, también, la carrera, y quizás seguir en la universidad, porque había un par de profesores que parecían dispuestos a apadrinarme. Muchas tardes, por no quedarme en casa, me iba al Sebastopol, un bar de la parte vieja. Había sido el grupo de Mauricio quien me lo había descubierto. Aún se reunían allí algunas veces. Al menos, cuando quedaban conmigo.

En el Sebastopol ponían buena música y, a primera hora de la tarde, estaba casi vacío. Intercambiaba alguna frase con el dueño y con los clientes que había por allí. Acabé por tener cierta familiaridad con Carlos, un estudiante de medicina que vivía muy cerca del Sebastopol. Nos saludábamos como viejos conocidos y alguna vez se sentaba un rato conmigo. Si él estaba allí, en la barra, cuando yo acudía a la cita con los amigos de Mauricio, me hacía un gesto de complicidad. Tú a lo tuyo, decía sin decirlo.

Le faltaba muy poco, un par de asignaturas, para terminar la carrera de medicina. Quería ser médico de pueblo. En los pueblos se vivía muy bien, con un ritmo de vida mucho más lento, más saludable. Por encima de todo, quería tranquilidad, tiempo para leer, escuchar música, pasear. Se sentía ajeno a las preocupaciones de su generación. Eso de las generaciones le parecía una estupidez. La lucha de los estudiantes no le interesaba en absoluto. En su opinión, eran grandes manipuladores. Lo único que buscaban era tener poder, controlarlo todo. Sus vivas a la libertad le daban ganas de reír, los comunistas odiaban la libertad. Sólo les interesaba lo colectivo, lo que se pudiera manejar mejor. Carlos me hablaba con tanta confianza que a veces me daba la impresión de que ya había pasado entre nosotros todo lo que tenía que pasar. No importaba mucho lo que decía ni el tono tajante de sus palabras, me gustaba su mirada. Se apoderaba de ti. Hacía pensar que si decía todo eso era porque tenía buenas razones para hacerlo. Estaba en el secreto de algo. Ahí residía su atractivo, en esa mezcla entre la frialdad con la que hablaba, como emanada de la razón, y la llama en el fondo de sus ojos.

No fue tan extraño que Carlos me dijera un día:

–Tengo la llave del piso de un amigo. El único problema es el portero. Tendremos que esquivarlo. Yo subiré primero y tú te das un plazo. Si te pregunta algo, dile que vas al segundo.

–¿Al segundo? –pregunté, por decir algo, mientras trataba de asimilar a toda velocidad lo que me esperaba. Me lo había buscado yo, pero la búsqueda no había sido del todo consciente.

–Es una pensión –dijo–. Puedes decirle que vas a preguntar si tienen un cuarto libre.

–¿Y qué es lo que dices tú?

–Por mí no te preocupes, ya me las arreglaré.

Aquellos porteros vigilaban la entrada de las casas como si se trataran de fortalezas. Si no te conocían, te interrogaban. Si no se quedaban contentos con tu respuesta, te impedían seguir adelante. Se rumoreaba que algunos de ellos eran o habían sido policías, delatores.

Fermín, el portero de la casa de mis padres, era un hombre inofensivo que lo único que deseaba era leer novelas del oeste en la pequeña garita del portal. Fumaba y leía sus pequeñas novelas baratas, probablemente compradas de ocasión, y no quería saber nada más. No le importaba quién entraba y quién salía de la casa, apenas levantaba la vista del libro. En la garita, el aire era irrespirable. Estaba cerrada a cal y canto, proclamando el absoluto aislamiento de Fermín, su completa concentración. Cuando Fermín se asomaba para responder a las preguntas que ocasionalmente le hacían los vecinos, irrumpía en el portal una bocanada de aire enrarecido. Todos olvidaban las preguntas o las hacían muy deprisa, sin esperar respuesta, queriendo ya irse cuanto antes de allí. Fermín cumplía, más o menos, con las labores de limpieza de la escalera y se encargaba de sacar la basura a la calle. De vez en cuando, un vecino se quejaba de su ineficacia. Pero la queja se disolvía enseguida, se perdía. Fermín tenía una gran virtud, no se metía en nada. Cuando te miraba, a través de los cristales empañados de la garita, sus ojos parecían benignos. Aún estaban contemplando las amplias llanuras del oeste americano. A nadie se le habría ocurrido echarle.

Estaba familiarizada con otro portero, el de la casa de los Moraleda, un hombre muy distinto. Tenía un halo aristocrático, como si fuera muy consciente del pasado esplendor de los propietarios del inmueble y estuviese empeñado en mantenerlo. Me saludaba con vaga amabilidad, sabía que era amiga de la casa. Me había visto muchas veces en compañía de Mauricio. Esbozaba un gesto benévolo, algo condescendiente, cuando yo entraba sola en el portal y me dirigía hacia las escaleras, camino del principal. En el inmenso piso de los Moraleda siempre había gente. Ésa era la condición de los celosos porteros para dejar libre el paso. En cuanto un piso se quedaba vacío, se lo apropiaban.

No le hablé a Carlos de mi miedo a los porteros. A las cuatro de la tarde, bajo el luminoso sol de abril, me encaminé hacia el piso del amigo de Carlos, en el barrio de Cuatro Caminos, cerca de la ciudad universitaria, más allá de la plaza donde habían tenido lugar, durante mucho tiempo, las manifestaciones de los viernes. El chirrido de la puerta de hierro abierta en la valla que bordea el río está dentro de mí. Aún me estremece. Una estrecha puerta prohibida, casi invisible, que se franquea de forma secreta, clandestina. Todos me ven y nadie sospecha de mí. El aire está muy limpio, huele a las flores pequeñas de los árboles frutales, los innumerables pétalos de las flores que se irán cayendo y alfombrarán el suelo. Son demasiado frágiles. Un olor dulzón en el aire despejado. La larga tarde desconocida, nueva, me pertenece como lo más mío que he tenido en mucho tiempo.

Atravesé con paso decidido el portal del piso del amigo de Carlos y entré, sin mirar hacia atrás, en el exiguo ascensor. El portero estaba allí, en su garita. Yo había entrevisto su sombra, pero me había trazado la táctica de no mirar hacia él.

Superado el primer obstáculo, mientras el ascensor, con un rugido infernal, se dirigía hacia lo alto, se me ocurrió de pronto que apenas conocía a Carlos. Podía ser un asesino. Un pervertido. Alguien poco de fiar.

También pensé en mi madre. Fue una décima de segundo. Me la imaginé inclinada sobre la mesa de la plancha con la atención puesta en un vestido mío. Lejos de mí, ignorante de todo. ¿En qué pensaría mi madre mientras planchaba?, sus dedos sujetaban los pliegues de la falda, con la otra mano hacía avanzar la plancha sobre la tela. Esa imagen de mi madre, absorta, sumergida en silenciosos pensamientos o quizás en ninguno, quizás únicamente entregada a la tarea de planchar, se desvaneció enseguida. Dentro del mismo ascensor.

A unos metros de la puerta del piso donde me aguardaba Carlos, estuve tentada de huir, pero ya era tarde.

No hizo falta llamar al timbre. La puerta estaba entreabierta. La empujé y avancé por el pasillo oscuro.

–¿Carlos?

–Ya voy, ya voy –oí desde muy lejos.

Me detuve en medio del pasillo, me apoyé contra la pared.

Carlos apareció. Llevaba una bandeja en las manos.

–He preparado algo de comer –dijo–. Es aquí –añadió, empujando con el pie una de las puertas que daban al pasillo–. Es el cuarto de Jacinto. Me ha pedido que no lo desordenemos mucho, que lo dejemos todo como está.

El cuarto del amigo de Carlos era amplio y luminoso, no tenía nada que ver con cualquiera de los dormitorios que yo hubiera visto antes, el mío, el de mis padres, los de mis primos, los de mis amigas... Tampoco con el cuarto de Mauricio. La colcha de la cama era estampada, como la de Mauricio, pero no de seda sino de algodón. No china, sino india. Todo era indio. Olía a incienso, traído de la India. Y había macetas de barro con plantas encima de todos los muebles. El cuarto no daba una impresión de orden. La recomendación de que no lo desordenáramos parecía fuera de lugar.

Encendimos un palillo de incienso, pusimos música, bebimos vino. Mauricio retrocedió al pasado. No sólo él, todas sus historias. El piso decadente de los Moraleda, el esplendor que se vislumbraba por debajo del polvo que cubría los muebles y las viejas tapicerías de los sillones desvencijados, perdió fuerza frente a los colores de las telas indias, las cajas de madera con incrustaciones de metal, las plantas dejadas por todas partes.

Todo lo que había aprendido con Mauricio las tardes de los miércoles, encerrados en el cuarto que había pertenecido a Amalia Moraleda, cobró otro valor. La llama azul en el fondo de los ojos de Carlos me proporcionaba una intensa sensación de libertad. Nadie iba a sorprendernos allí. Mi desnudez encajaba en aquel cuarto, con aquel chico que apenas conocía. Un chico cuyas historias me resultaban completamente ajenas. Se había trazado una vida que nunca me pertenecería, había elaborado planes y opiniones que no necesitaba compartir. Las tardes de los miércoles con Mauricio se habían ido quedando cada vez más aisladas de las demás tardes de la semana. Ya estaban amenazadas por la idea de la desaparición. En el cuarto de Mauricio, siempre me había sentido vigilada. El pasillo, al otro lado de la puerta, estaba lleno de sombras y pasos sigilosos. Los muebles que, a la débil luz de las tulipas, parecían haber crecido, también me vigilaban. Incluso Mauricio me vigilaba.

Respiré el incienso que se iba extendiendo por el aire y que mareaba un poco. Una voluta de humo que se ensanchaba y se desvanecía. Sin testigos.

26

Salí del piso del amigo de Carlos, de la habitación impregnada de aire oriental, y me asombró que aún no se hubiera hecho de noche, que aún siguiera la tarde, como si nada la hubiera hecho cambiar. Acababa de dar un paso hacia el mundo desconocido. Aún respiraba el olor a incienso quemado, aún me sentía llena de luz. Era como si se hubiera levantado, en un escenario oscuro, un pesado telón y hubiera aparecido un paisaje deslumbrante, lleno de colores, de música, de luz, de olores nuevos. En ese paisaje, yo era distinta. Mi papel aún estaba por determinar.

Ahora debía enfrentarme al hecho de hablar seriamente con Mauricio. Tenía que decirle que las tardes de los miércoles se habían acabado, que todo había acabado entre nosotros. No sabía qué era lo que había en su lugar. Ni siquiera sabía bien qué significado dar al rato que había pasado con Carlos. Quizás no tuviera mucho significado. Era un alivio que las cosas no estuvieran tan cargadas de significado. Me recorrió una ráfaga de la antigua euforia, cuando, en medio de la calle, después de haber comprado chicle, chufas o regaliz en el carrito de las chucherías, me sentía como si estuviera dentro de una especie de globo de luz. Como si hubiera conseguido cosas importantes de verdad. Estaba allí, en el centro mismo de todo lo que era importante para mí. Y lo que había fuera era exactamente igual a lo que había dentro. No se desea nada porque todo lo tienes. La vida te posee.

Para que la huella de ese momento se conservara dentro de mí lo más intacta posible, fui aplazando la llamada. Llegó la noche y aún no había hablado con Mauricio. No tenía ningunas ganas de mantener una conversación seria –ni de ninguna otra clase– con él. Mucho menos, de verle. Llamó él. Le dije, con la voz ronca, como afónica, que me encontraba mal, que estaba muy cansada, que quizás tenía la gripe.

Durante dos días, evité ponerme al teléfono cuando llamaba Mauricio. Pero no podía huir eternamente de él, de forma que al final le llamé yo y le propuse que nos viésemos a la hora de comer, como hacíamos de vez en cuando. A él le venía mal, pensaba pasar el día en la facultad –no sé qué líos se traía con un grupo de estudiantes, creo que dirigía un seminario, quizás un curso de iniciación para entrar en el partido–, pero, de acuerdo, cedió, podíamos quedar a comer y vernos un rato. Para ganar tiempo, ya que él lo tenía tan justo, podíamos ir a los comedores universitarios.

Me horrorizaban los comedores universitarios. No sólo porque la comida fuese muy mala, que lo era, sino porque, a pesar del ruido y el desorden que imperaban allí, me remitían al refectorio del colegio, que simbolizaba para mí la parte más incómoda de mis recuerdos. Comer en silencio –y una comida aún peor que la de los comedores universitarios– y con la permanente sensación de ser vigilada –un par de monjas recorrían, silenciosas, taciturnas, los pasillos, lanzando miradas escrutadoras a su alrededor– había sido para mí una especie de suplicio, y cuando, en los últimos cursos, fui presidenta de mesa, no seguí las normas que dictaban servir los platos hasta los bordes, todos por igual, y obligar luego a las niñas a dejarlos limpios, sin resto alguno de comida. Yo sabía lo que le gustaba a una y lo que otra apenas podía tragar, y trataba de adaptar el tamaño de las raciones a sus gustos. Como las horas de las comidas habían sido una tortura para mí, ahora que tenía cierto poder, intentaba compensarlas, borrarlas. El ruido que reinaba en los comedores universitarios era diametralmente opuesto al silencio obligatorio del refectorio del colegio, pero la cantidad de gente comiendo en largas mesas y el olor de la comida me lo recordaban. No parecía el lugar adecuado para poner término a una relación que había durado casi cuatro años.

Acudí a la cita con la intención de no decirle nada a Mauricio. Hablaríamos en otro momento. Pero en cuanto le vi, a la puerta de los comedores, supe que él iba a empujarme a hacerlo y hasta llegué a pensar que me había citado en ese horrible lugar para hacerme las cosas más difíciles. Me saludó sin entusiasmo alguno, deprisa y corriendo, me tomó ligeramente del brazo, rozándome apenas, y nos pusimos a la cola que formaban los estudiantes mientras aguardaban el turno para elegir entre las escasas, y prácticamente igual de malas, opciones que se presentaban para el almuerzo, haciendo deslizar las bandejas por el largo mostrador.

Empezamos a comer en silencio, uno enfrente de otro, rodeados de estudiantes que, a diferencia de nosotros, parecían empeñados en no dejar de hablar, más bien, de gritar.

–Tengo la impresión de que me ocultas algo –dijo Mauricio, clavando sus ojos en los míos.

–Éste no es un sitio para hablar –respondí, en medio

de aquel vocerío y del estruendo que producían los platos, vasos y cubiertos chocando entre ellos, como si tuvieran vida propia, y contra las mesas del inmenso y desangelado comedor.

Se rió brevemente, con un motivo secreto. Me miró otra vez como si sus ojos fueran puñales e insistió:

–Sé que me estás ocultando algo.

Mauricio me estaba acorralando. No podía permanecer callada. En aquel sitio espantoso, con todo aquel ruido a nuestro alrededor, le dije que habíamos acordado ser sinceros el uno con el otro y que posiblemente era mejor así, dejar las cosas claras cuanto antes. Algo iba mal entre nosotros. Desde hacía tiempo. Los dos lo sabíamos.

–¿Sinceridad? –preguntó, de nuevo con aquella risita breve, sólo para él–. Dime la verdad, entonces.

¿Qué derecho tenía Mauricio a saber nada? No sé si sonreí, sólo para mí, como minutos antes él se había reído suavemente, sólo para él, pero creo que negué con la cabeza. Todo sucedió muy deprisa. Mauricio se puso de pie de un salto y empujó su bandeja de comida hacia la mía. Mi bandeja se tambaleó y aterrizó en mi falda. Mauricio abandonó el comedor mientras lanzaba al aire toda clase de insultos. Todas las caras estaban vueltas hacia mí.

En el colegio, siempre había odiado que me miraran fijamente. Me sentía casi desnuda, como si hubieran descubierto dentro de mí un horrible secreto, y estuvieran al tanto de mi debilidad, de mi miedo. Yo no era como las demás. Por mucho que me esforzara en aparentar lo contrario, en disimular, lo habían descubierto. Había sido en el refectorio donde más me habían angustiado las miradas ajenas, por el horror que me producía la comida. Ahora, como en una pesadilla, sentí todos los ojos de los comensales clavados en mí.

No sé de dónde surgió una mujer de la limpieza que se puso a fregar a mis pies.

–¿Para esto sirve la educación? –murmuró.

Siguió musitando frases, en su mayor parte ininteligibles. Su tono era hostil. Yo me peleaba, armada con la servilleta, con la espesa salsa de los macarrones en la falda. Más de un macarrón pegado a la falda gris de franela, alguna patata frita, agua...

Salí del comedor, evitando todas las miradas, con los ojos perdidos en un punto indefinido, profundamente avergonzada.

Bajo el sol del mediodía, envuelta en el aire fresco de abril, que agradecí, eché a andar hacia la parada del tranvía. Quería llegar a casa cuanto antes, cambiarme de ropa, llorar a gusto. Pensaba en mi cuarto con pestillo como si fuera el mejor de los refugios.

27

Una voz surgió a mis espaldas. Un grito que se refería a mí. Un tirón en la manga de mi abrigo. Me volví.

Concepción Aínsa. Había cambiado tanto que me costó reconocerla. Se había cortado su voluminosa y brillante trenza negra de reflejos azules, el pelo le caía en pequeñas cascadas desiguales alrededor de la cabeza. Había algo nuevo y doloroso en su cara, había perdido aquella mirada de estar siempre al margen de todo, como si, después de traspasar el muro del colegio, hubiera visto algo que no le había gustado, que jamás hubiera imaginado que pudiera existir.

Hablaba entrecortadamente, había salido corriendo de los comedores. Yo andaba muy deprisa, se quejó, por poco no me alcanza, había tenido que recoger sus libros, que estaban en otra mesa y no los encontraba, no podía dejarlos allí, se perderían... ¡Ay!, exclamó, sofocada, arrebolada por la carrera y por la indignación, qué estúpido era ese Mauricio, ¿qué se habría creído?

Me cogió del brazo. Me propuso que fuera con ella a su piso, vivía muy cerca, me podía prestar algo si quería cambiarme. Estudiaba farmacia, me informó deprisa, vivía en un piso barato con unas amigas, no se trataba con su familia.

No me había cruzado con ella en todo ese tiempo, años, era raro que no hubiéramos coincidido en asambleas y manifestaciones. Concepción sí me había visto a mí, pero siempre de lejos. La verdad era que hasta ese curso no se había dedicado a otra cosa que no fuese estudiar, me confesó. Se había resistido a ver la realidad tal como era. Había caído de las nubes de golpe. No resultaba tan sencillo, suspiró, salir de un mundo de comodidades, de protección, donde se tiene todo resuelto y donde no hace falta pensar. En el comedor, nos había visto a Mauricio y a mí desde que habíamos entrado.

Me dejé arrastrar hacia el piso de Concepción.

Dentro de unos días, sería mi cumpleaños, pasados otros más, empezaría de forma oficial la primavera. Concepción cumplía años en mayo. Puede que ella no supiera cuándo cumplía años yo, pero yo sabía muy bien cuándo los cumplía ella. En su fiesta de cumpleaños yo había conocido a Mauricio. Curiosamente, ahora que Mauricio acababa de salir de mi vida, me apoyaba en el brazo de Concepción. Todo un mundo desaparecía con Mauricio, y aunque hacía tiempo que me preguntaba si verdaderamente quería estar con él y se me pasaba por la cabeza la idea de dejar de verle para siempre, ahora, después de la escena en los comedores universitarios, me sentía como si hubiera sido abandonada por él, porque eso era lo que había sucedido: me había dejado sola allí, ante las miradas de todos.

–Llámame Concha –dijo–, todo el mundo me llama Concha. Las amigas con las que vivo son increíbles, ya verás, aunque no sé si estarán en casa, trabajan hasta muy tarde. Son feministas. Yo también soy feminista.

El piso de Concepción pertenecía a un bloque de viviendas baratas. Sus amigas, como había anticipado, no se encontraban en casa. Me anunció que se iba a la cocina a preparar un té de jazmín y a buscar en su armario algo que me pudiera prestar. Volvió con un par de faldas. Me probé una falda escocesa, una falda plisada de cuadros azules y verdes, de tonos oscuros.

–Te queda fenomenal –dijo–. Quédatela, yo no la uso.

Concha, con la taza de té en la mano, se arrellanó en el sofá. Hablaba y hablaba, desgranaba su nuevo discurso en su nuevo lenguaje. Parecía mentira, pero había perdido el halo de perfección que la envolvía y que yo siempre había envidiado, aun sin gustarme del todo, porque ese exceso de orden resultaba un poco inquietante, como si escondiera algo. Sea como fuere, ya no había nada de eso en ella. Aunque pertenecía al mundo del colegio, el colegio quedaba lejos de ella y lejos de mí. Tampoco era ya el mismo colegio.

Poco después de que dejáramos el colegio, la congregación había sufrido una especie de revolución. La orden había venido de Roma. Los colegios se encontraban en sitios privilegiados de las ciudades. Los solares fueron vendidos. Se compraron nuevos terrenos en las afueras. El planteamiento cambió de forma radical. Ya no se trataba de educar a las hijas de la clase acomodada, sino de extender la educación a todas las clases sociales. Concha aprobaba los cambios que había experimentado el colegio. La venta del viejo caserón y el nuevo edificio que se había empezado a construir, mucho más modesto, al otro lado del río.

Por unos instantes, lo lamenté. Lamenté que ya no existiera el viejo caserón ni el enorme jardín de las procesiones y los recreos. No había vuelto al colegio desde que, hacía cuatro años, lo había dejado, y eso fue lo que, sobre todo, lamenté un poco, no haber recorrido el jardín ni los largos pasillos encerados una vez más, ya vestida de calle, ya fuera del colegio. No haber podido comprobar cómo era el colegio visto desde fuera, cuando no había que ir allí todos los días. Buscar en él signos de mi vida. Como si el escenario fuese más importante de lo que era, como si, al desaparecer, se hubiera llevado con él algo mío.

28

La voz de Concha, monótona, repetitiva, que yo apenas escuchaba, pronunció dos nombres familiares. Se había encontrado el otro día por la calle con Carmen Gómez Moraleda. Se habían detenido y hablado un rato. Carmen le había informado de la muerte de la madre Rubio. Estaba ya muy enferma, ¿me acordaba?, tan pálida, un poco extraña, a veces se tambaleaba, como si le hubiera dado un mareo.

Mis nuevas amistades no tenían ninguna relación con el colegio. No sabía quiénes de entre las monjas vivían aún en la ciudad, en pisos, ya fuera de la clausura, quiénes se habían mudado a otra ciudad, quiénes habían muerto. Durante todo ese tiempo, nadie me había dado noticias de las monjas.

Pero la madre Rubio no había sido una monja más. En los últimos cursos del colegio, me había brindado, inesperadamente, su protección. El tiempo volaba. En un abrir y cerrar de ojos, nuestras vidas iban a experimentar insospechados cambios. ¿Quién sabía en realidad cómo era la vida que nos esperaba fuera del colegio?, quizás no nos habían preparado de forma adecuada. Las monjas se sentían inquietas ante la perspectiva de perdernos de vista para siempre. La mayor parte de las alumnas volvía, restablecía su vínculo con el colegio de una forma nueva. Ya casadas y con hijos, enviaban a sus hijas al colegio. Pero algunas alumnas, una vez finalizado el colegio, jamás volvían a él. Se acababa el tiempo. Las monjas tenían que intensificar sus esfuerzos con nosotras, las alumnas de los últimos cursos. Las normas del colegio se iban a quedar a nuestras espaldas, encerradas dentro de los muros. Si no las habíamos hecho nuestras, si no habían echado raíces dentro de nuestra cabeza, todos esos años –toda la labor de las monjas– se desvanecían, perdían su sentido.

La madre Rubio nos había dado clase de ciencias naturales y de gramática en cuarto curso. Siempre me había gustado la asignatura de ciencias naturales, sobre todo, la vitrina en la que se guardaban las plantas, las semillas y los recipientes que servían de tubos de ensayo. La madre Rubio había tenido la iniciativa de instalar un pequeño laboratorio en un rincón del aula, lo que había provocado cierto recelo en las demás monjas. Pertenecía a la estirpe de monjas investidas de autoridad, esa clase de monjas que, en cuanto hacían su aparición en aulas y pasillos, creaban a su alrededor un halo de silencio y temor. Nadie osaba llevarle la contraria. Tenía la tez muy fina, casi blanca, surcada por diminutas arrugas, y los ojos azules, muy claros, transparentes. Cuando te miraba, parecía que alcanzara tu interior.

Era inteligente, había estudiado en la universidad, podía dar clase de casi cualquier cosa, pero no se prodigaba. Su punto flaco, como el de otras monjas y semimonjas, era la salud. El convento y la reclusión habían sido opciones más llevaderas que el matrimonio para estas mujeres enfermizas. Corría una leyenda sobre la madre Rubio: no había querido casarse con el novio –un hombre muy rico– que sus padres habían elegido para ella. Imaginábamos que se trataba de un hombre tan rico como poco refinado, porque, de todas las monjas, la madre Rubio era la más culta, la que más interés y curiosidad sentía por todo, no sólo por lo espiritual, sino por las ciencias y por la naturaleza. A menudo hablaba de la belleza. La belleza de la naturaleza, de los seres humanos, de la inteligencia. Pocas veces se molestaba en clavar en alguna de nosotras su mirada transparente y escrutadora. En general, estaba como abstraída, ensimismada. Y era cierto, como había recordado Concepción, que a veces se tambaleaba un poco, como si algo en su interior se hubiera descompensado. Cuando nos la cruzábamos por el pasillo, nos lanzaba fugaces miradas que, en cierto modo, suponían una clase de barrera: no quería detenerse ni distraerse, no quería salir del mundo apasionante de sus pensamientos. Eran meras ráfagas de la poderosa luz que llevaba en su interior.

Cuando la madre Rubio, en un momento del pasado colegial, se me había acercado, yo me había llenado de asombro. Me había quedado sola en el aula. Estaba ordenando mi pupitre. Tenía muy poco margen de tiempo, enseguida vendría la sor encargada de la limpieza y me amenazaría con decirle a una monja que yo estaba sola en el aula. Para evitar la tentación del robo o de la mera indagación en las pertenencias ajenas, no se nos permitía quedarnos solas en las aulas. Aquel retraso mío era casi delictivo. Cuando vi a la madre Rubio delante de mí, me asusté. Pero entonces ella pronunció mi nombre en un tono extrañísimo, como si estuviera acostumbrada a pronunciarlo muchas veces, pero no en el colegio, sino en su vida anterior al colegio. Acto seguido me preguntó por qué había escogido estudios de ciencias cuando yo tenía que saber perfectamente que las ciencias no eran para mí. Mientras sus ojos me taladraban, yo sentía que la pregunta no era en absoluto intrascendente y que, por mucho que me esforzara, no iba a saber contestarla con corrección. Titubeé, le dije, comprendiendo de golpe que eso podía sonar pretencioso, que las matemáticas siempre se me habían dado bien, y, como ella me estaba mirando sin decir nada, añadí algo, lo que aún resultó peor, sobre la satisfacción que suponía la resolución de las ecuaciones.

La madre Rubio negó con la cabeza y aferró con una de sus manos blancas y huesudas mi hombro. Creía que me iba reprender por la vanidad que subyacía en mi respuesta, pero, asombrosamente, declaró que yo no me podía permitir el lujo de perder el tiempo en asuntos que no eran de mi incumbencia, que tenía que centrarme en mis talentos. Había seguido de cerca mis estudios, se conocía mi palmarés al dedillo. Había leído todas mis redacciones, mis ejercicios de estilo. Ése era mi talento, mi don.

Cuando la madre Rubio me dejó otra vez sola en el aula, me pregunté por qué ella, que tan sensible era a la belleza, no se dedicaba a la enseñanza del arte y la literatura, y si no sería su propia frustración lo que la había empujado a darme a mí aquel consejo. Me estaba hablando de su propio error. Aunque probablemente, dadas las misteriosas normas que regían las categorías y funciones de las monjas, la decisión de dedicarse a la enseñanza de ciencias naturales y de gramática no había sido suya, sino que había venido de una instancia superior. Muchas veces, las monjas más inteligentes y capacitadas tenían asignadas tareas insignificantes y de lo más modestas, para evitar que abrigaran demasiadas expectativas respecto a su futuro, siempre incierto, imprevisible para todas, sin distinción alguna. Y aunque éste no era exactamente el caso de la madre Rubio, ya que las ciencias naturales y la gramática eran asignaturas importantes, sí podía responder a la misma motivación: evitar la soberbia, incluso el placer, la delectación.

A partir de aquel día, me encontraba con frecuencia con la madre Rubio, y siempre me hacía vehementes comentarios sobre la importancia de la belleza, la necesidad de mantener viva la llama de la creación y de no dilapidar los talentos que nos han sido concedidos. Me la encontraba por los pasillos y los senderos del jardín de un modo un poco furtivo. Surgía de pronto, como si me estuviera esperando, tras una esquina, en un recoveco.

Cuando se produjo la conmoción que transformó el colegio y las monjas abandonaron la vida de clausura para irse a vivir, en grupos, en pisos de barrios periféricos, la madre Rubio se había marchado de la ciudad. Estaba enferma, necesitaba cuidados especiales, alguien de su familia se había ocupado de ella. Había muerto hacía un par de meses, eso le había dicho Carmen, dijo Concha.

–Sentía predilección por ti –añadió.

¿Qué importancia había tenido la madre Rubio para mí?, ¿qué había significado que me hubiese escogido para darme sus vehementes consejos?, ¿qué valor había concedido yo a sus palabras, al interés que, sorprendentemente, había puesto en mí? Habíamos hablado muy poco, en realidad. Era ella, no yo, quien solía hablar cuando se acercaba a mí, y sólo dejaba caer una de sus frases, que insistían siempre en lo mismo, en lo que ella consideraba que era mi talento, mi don, el mundo que se adivinaba a través de mis ejercicios de estilo.

Los ejercicios de estilo eran una oportunidad para mí. Me asombraba el rechazo que la mayor parte de mis compañeras sentían hacia ellos porque les resultaba difícil, decían, escribir, sin más ni más, sobre esto o aquello. El tema que había que desarrollar me servía de excusa para dar cauce a todo lo que llenaba mi cabeza y que, al ser convertido en palabras, me parecía que se transformaba, que adquiría un brillo nuevo, como cuando se saca de un arcón un viejo vestido guardado desde hace años y luego se despliega, se lava y se plancha y resulta deslumbrante. La madre Rubio había intuido la existencia del arcón y, con su mirada penetrante y su voz llena de seguridad, me había dicho que tenía que abrirlo, que tenía que desplegar a la luz del día, a los ojos de todos, su contenido.

Sin embargo, yo había seguido con mis estudios de ciencias. Y, ya en la universidad, me había matriculado en ciencias económicas, como si tuviera un empeño especial en evitar el territorio por el que la madre Rubio, con sus frases tajantes, casi me conminaba a aventurarme.

Mientras Concepción comentaba los cambios que había sufrido el colegio, yo asentía. Acariciaba la tela rugosa de la falda escocesa que había sido suya y que de pronto me pertenecía –curiosamente, no podía dejar de sentir que ése era su destino, pertenecerme–, y empezaba a pensar en marcharme, en salir del piso pequeño de Concepción, de todos aquellos recuerdos del colegio que ya no encajaban en mi vida.

–¿Sabes una cosa?, el famoso tío de América, el de la herencia que nos hizo ricos, nunca existió –dijo–. Cuando me enteré, me quedé de piedra. Me enfadé con mis padres, ¿cómo podían haberme engañado así? Al menos, a mí me podían haber dicho la verdad. Mi padre hizo mucho dinero en la inmobiliaria, sobornos, comisiones, corrupción pura. Se inventó el tío de América para dar una explicación a tanto dinero. Me enteré el año pasado, me lo dijo mi padre con toda tranquilidad. Me fui de casa. No quiero saber nada de ellos. No quiero su dinero. He roto toda relación con ellos.

Concha miraba hacia la ventana, como si sus padres estuvieran allí, escuchándola, pesarosos, quizás arrepentidos. Pero era su imagen la que se reflejaba en el cristal. La risa nerviosa de Concha, el humo del cigarrillo, el cuarto casi desnudo, frío, su nueva vida, desconectada de la anterior, flotando.

Yo no había roto del todo con mis padres. Aún vivía con ellos, como una huésped silenciosa a quien no se sabe bien cómo tratar. No se sabe bien qué papel juega allí. Sentí miedo. Más bien, era una sensación de pérdida. Había perdido a Mauricio y el mundo que lo rodeaba, pero quizás la pérdida se remontaba a un tiempo anterior. A ese colegio que ya no podría visitar, ese lugar donde la madre Rubio, que ya no existía, me animaba a confiar en unos talentos que ella valoraba por encima de todo. Fue una punzada que me estremeció por dentro, un instante de dolor.

29

Apenas había transcurrido un mes desde la escena de los comedores universitarios cuando mi madre me anunció la llamada telefónica de un chico que se había resistido a identificarse. Se había definido así, un amigo.

Se trataba de Nano, Nano Moraleda. Su inconfundible voz chillona, a medio hacer. Un amigo: jamás se me hubiera ocurrido pensar en él en esos términos.

No se atrevía a llamarme, dijo, no sabía si me molestaría, como yo ya no iba por su casa... Pero al fin se había decidido. Me llamaba porque su profesor, el señor Peña, estaba enfermo. Y él se había quedado sin alguien que le ayudara con los estudios. Se le había ocurrido que a lo mejor yo podía hacerlo. No se trataba de que le diera clase, sino de que le enseñara a organizarse, él era un desastre. El señor Peña también le daba clases de física y de matemáticas, pero eso ya no hacía falta, el mismo señor Peña se lo había dicho, le había recomendado que buscara a alguien que le ayudara a estudiar, un universitario, eso había dicho, por eso él había pensado en mí.

Antes de responder a la pregunta que me hacía Nano, le pregunté si por casualidad sabía si ese señor Peña tenía una hija que se llamaba Dolores.

Dolores, claro que la conocía. Se había cruzado con Dolores más de una vez por el pasillo de la casa. Nunca había hablado con ella, era una de esas chicas que ni te miran... Dicho esto, Nano insistió en el asunto de las clases, estaba seguro de que yo sería una profesora estupenda y que él aprendería mucho de mí.

Le di las gracias y le dije que lo pensaría, pero que andaba muy mal de tiempo, no sabía si podría hacerlo. En todo caso, le llamaría.

–Llámame por la tarde, ya lo sabes, a última hora. Salgo del colegio a las siete –dijo.

Tenía razón Nano. Éramos amigos. Yo conocía las costumbres de la casa. Sabía a qué hora salía del colegio e incluso qué tarde de la semana –el miércoles– ya no llegaba hasta las diez de la noche. No había sabido, en cambio, hasta ese momento, el nombre de su profesor. El padre de Dolores debía de haber perdido su empleo en los laboratorios donde yo creía que trabajaba. O quizás era que conciliaba los dos trabajos y daba clases particulares después de concluir su jornada laboral.

Dolores no había sido la mejor amiga que yo había tenido en el colegio, no había pasado con ella tanto tiempo como con Belén o Catalina, inacabables tardes de domingos en una de sus casas o en la mía, hablando, contándonos cosas que ya no podría determinar, tardes de domingo y lentos regresos a casa después de las eternas jornadas escolares. Dolores no pertenecía a nuestro grupo, no pertenecía a ningún grupo. Iba por libre. Pero, a diferencia de lo que sucedía con Concepción, que tampoco tenía amigas y que, hasta la noticia de la falsa herencia del falso tío de América, había pasado inadvertida, Dolores llamaba la atención. Parecía no necesitar a nadie. Su seguridad provenía de algo que no tenía nada que ver con el colegio. Estaba más vinculada al mundo exterior que al escolar. Las monjas le eran por completo indiferentes. No se sometía a las pequeñas normas que dictaban cómo debía ser nuestro aspecto. Sobre todo, el peinado, sobre el que las normas eran muy estrictas. Teníamos que llevar el pelo siempre recogido, los pasadores tenían que ser de carey, las horquillas, del color del pelo, negras o castañas, en ningún caso doradas, había que llevar lazos azul marino de raso o terciopelo sobre las gomas que remataban las trenzas o recogían las colas de caballo. El pelo suelto y los moños estaban rigurosamente prohibidos. Pero Dolores se saltaba todas las normas, se cambiaba de peinado sin parar. Las monjas siempre estaban al acecho. Cuando la reñían, ni siquiera bajaba los ojos. Tenía el pelo de color rubio ceniza y la tez muy pálida. Hacía siempre de Virgen María en las representaciones de Navidad.

Los Peña no eran los Moraleda. Lo poco que se sabía del padre de Dolores era que trabajaba en unos laboratorios farmacéuticos. Al colegio iban tres hermanas. Dolores era la mayor. Las pequeñas tenían un aspecto sumamente normal. Rodeadas de sus compañeras, apenas se las distinguía. Había un hermano más pequeño aún, que tampoco llamaba la atención por nada y que a veces traía su madre de la mano, cuando venía a recoger a las hijas al colegio. La madre de Dolores, como la mía, no se maquillaba ni se pintaba los labios, llevaba el pelo peinado de cualquier manera, raya a un lado y melena corta. Las dos parecían despreocupadas de su aspecto. Estaban situadas a una distancia abismal del pequeño grupo de madres que destacaban sobre todas las demás, que se vestían y peinaban a la última moda, como si compitieran entre ellas, y a quienes las niñas que no éramos sus hijas mirábamos con el secreto deseo de que nuestras madres fueran como ellas.

En el marco de una familia tan desvaída, Dolores brillaba. Se sujetaba su largo y fino pelo rubio en lo alto de la cabeza, o en la nuca, o se hacía una o dos trenzas y se las enroscaba de diferentes formas, y un día de pronto no se hacía nada, sólo una cola de caballo tirante, todo el pelo hacia atrás. Pero el pelo de Dolores no era la única batalla de las monjas. Era muy delgada y se ceñía el cinturón del uniforme como si se tratase de un vestido ligero. La madre Rubio siempre se lo estaba diciendo:

–¿Quiere aflojarse el cinturón, Dolores? Es la última vez que se lo digo. La próxima vez que se lo tenga que decir, se lo quito, se queda usted sin cinturón.

La madre Rubio cumplía su amenaza. Más de una vez Dolores se quedó sin cinturón durante toda una semana. Sin cinturón, también estaba guapa. Los pliegues de la bata negra se abrían alrededor de su cuerpo, que sólo se intuía, irradiando una fuerza que nos sobrepasaba. Sobrepasaba a las monjas. Se sentían impotentes, no sabían cómo tratarla. En los últimos cursos, la dejaron un poco de lado. Había hecho tantas veces de Virgen María que las alumnas que, después de Dolores, desempeñaron su papel, fueron siempre comparadas con ella. Todas pensábamos que Dolores, en el papel de Virgen, no tenía rival. Las monjas también lo pensaban. La mayoría se lamentaba de que la hubieran castigado de esa manera. Era la Virgen María perfecta. Su piel parecía de porcelana. Su mirada perdida estaba ausente de verdad.

Pero, para algunas monjas, Dolores era la encarnación de lo que más despreciaban, la vanidad del mundo, la superficialidad. Lo contrario de la inteligencia, de la responsabilidad.

La madre Rubio me preguntó:

–Pero dígame, ¿qué ve usted en Dolores Peña? Es una

niña de lo más vulgar. ¡Ay!, no sé qué amigas tiene usted. La amistad es un asunto muy delicado. Las malas compañías corrompen, debemos cuidarnos mucho de ellas.

Eso era lo que veía yo: el pelo rubio y lacio de Dolores, sus distintos peinados, su piel blanquísima, sus ojos perdidos en el aire. A veces, se miraba en un espejo pequeño que sacaba del bolsillo, se arreglaba un mechón, se pasaba una barra de cacao por los labios. Se examinaba las uñas con los dedos extendidos, con los dedos doblados, otra vez extendidos, daba la vuelta a la mano, no se sabía en busca de qué, un pequeño fallo. Un día me dijo:

–¿Quedamos el domingo en la puerta de Santa Catalina, un poco antes de las doce?

La misa de doce en Santa Catalina se había puesto de moda, me informó. Iban todos sus amigos, tenía muchos, me los presentaría. Me pareció un poco extraño que me hubiera abordado así, sin más ni más, cuando nunca me había prestado la menor atención. Pero le dije que sí, que iría. A nadie se le hubiera ocurrido rechazar una propuesta como aquélla. Quizás Dolores no tenía amigas, pensé, y, entre sus innumerables amigos, quería sentirse acompañada.

Nos sentábamos en uno de los bancos de atrás. Dolores se pasaba toda la misa haciendo comentarios en voz baja sobre los chicos y sobre cómo iban vestidas las señoras. A veces, se reía. Se volvían del banco de delante para hacernos callar. No me daba vergüenza. Nada de lo que hacía Dolores daba vergüenza.

Estaba más guapa en el colegio. Le sentaba bien el azul marino del uniforme y el pelo recogido. Vestida de calle, no destacaba tanto. Pero su pelo seguía siendo rubio y lacio, su piel, nacarada. Aún tenía el halo de la Virgen María, tantas veces representada por ella.

Bajábamos las escaleras de Santa Catalina envueltas en un grupo de chicos. Tomábamos el aperitivo en la cafetería Miami, bajo los soportales de la calle Mayor. Cuando se abrió Jamaica, en Jamaica. Barra americana, se dijo. Los chicos pedían vermut, nosotras, coca-cola, que acababa de salir al mercado. Nos sentábamos en los altos taburetes de la barra para poder ensartar con más facilidad los berberechos en los frágiles tenedores, para hacernos con las crujientes patatas fritas que nos dejaban los dedos impregnados de aceite y sal.

Ruido de loza, de cristales, de cubiertos. Voces, risas, humo. Mañanas de domingo con Dolores. Mañanas mundanas después de misa.

Pasados unos días, llamé a Nano y le di el nombre de un amigo que podía ayudarle en sus estudios. Me excusé como pude y, aunque percibí el tono de decepción de su voz, no insistió. Quizás comprendió que su llamada no había sido del todo oportuna, que yo ya no quería tener nada que ver con Mauricio ni con ningún otro miembro de su familia.

30

Dolores se había casado nada más dejar el colegio. Ignoraba con quién se había casado ni dónde vivía, pero aún me sabía de memoria el número de teléfono de la casa de sus padres. Mientras lo marcaba para preguntar por ella y pedir su nuevo número, traté de imaginarla casada, con hijos, convertida en ama de casa. Dentro de mí, aún veía a Dolores con el uniforme azul marino del colegio.

Nano me había dicho que el padre de Dolores estaba enfermo. Cuando me enfrenté con aquella voz que se arrastraba, esforzándose por llegar hasta mí desde un lugar remoto, invisible, no le pregunté por su salud. Algo me detuvo, una especie de pudor. El padre de Dolores me informó un poco sobre la vida de su hija: tenía dos hijos y estaba esperando otro. El embarazo estaba muy avanzado, Dolores apenas salía de casa. Tuve la impresión de que si yo le hubiera dado pie, la conversación habría proseguido, porque en el fondo de la voz cansada existía otra cosa, aún peor que la enfermedad: aquel hombre estaba solo. No me hubiera importado hablar un poco con él, pero su voz dolorida me intimidó, tampoco se me hubiera ocurrido nada que decirle. Me quedó esa impresión, la de haber atisbado un mundo solitario y muy necesitado, como algo que cae dentro de ti por casualidad y de pronto sabes que contiene un mensaje.

–Lo último que hubiera esperado es tu llamada, la verdad –dijo Dolores, poco después–. Alguna vez me han dado noticias tuyas, no sé quién, alguien me dijo que te había visto en la universidad o por la calle, en una de esas manifestaciones de estudiantes. No creas que hablo mucho con nadie. Ahora casi no salgo, me falta sólo un mes para dar a luz. Tengo ya dos hijos, ¡gemelos, figúrate!, éste será el tercero. No puedes imaginar cómo he engordado.

Me invitó a ir a verla a su casa, al otro lado del río. Había que coger un autobús, me explicó. Salía, como casi todos los autobuses, de la plaza de América.

¿Qué tenía ya que ver mi vida con la de Dolores?, ¿qué había tenido nunca que ver mi vida con la suya? La había admirado por el cinturón que se ceñía por encima del grueso uniforme azul marino y de la bata negra de algodón, por su pelo rubio ceniza, lacio y largo, por su cabeza cuajada de horquillas, por la lejanía con que miraba a las monjas, por el abandono con que se reía sentada en el taburete de Jamaica y esa forma de tratar a los chicos, como si supiera perfectamente quiénes eran y lo que esperaban de ella. Nunca habíamos hablado mucho. Nuestras conversaciones telefónicas habían sido muy breves, sólo para confirmar la cita de los domingos en la puerta de Santa Catalina, un poco antes de las doce. Era yo quien solía llamar. Cuando el sábado por la noche, antes de acostarme, aún no había tenido noticias de Dolores, que me había dicho en el colegio, muy deprisa, que me llamaría para quedar al día siguiente, marcaba su número de teléfono.

–En este mismo momento te iba a llamar –decía ella–. ¿Quedamos mañana en misa de doce? Bueno, un poco antes, en la puerta.

No era una pregunta. Era una confirmación. Ya podía irme tranquila a la cama, aunque no fuera exactamente tranquilidad lo que me inspiraba ese plan. Me dormía pensando en lo que me pondría para ir a misa, me veía a mí misma en la puerta de la iglesia, esperando a Dolores, y luego dentro, ya con ella, sentada en uno de los últimos bancos, hablando en susurros las dos, y luego en Miami o en Jamaica, rodeadas de chicos, inmersas en el estruendo feliz del bar lleno de gente.

A la mañana siguiente, cuando el plan se cumplía, la timidez se apoderaba de mí. No me podía comportar con la desenvoltura de Dolores, la coca-cola me sabía rara, tenía un sabor casi desagradable, las patatas fritas y los berberechos se me atragantaban. Estaba tomando el aperitivo en Jamaica, en el centro de la vida de la ciudad. Era como un error, no se sabía de quién. Probablemente, de Dolores, ya que había sido ella quien, por razones que yo ignoraba, me había escogido para que la acompañara en su plan de los domingos por la mañana. Las noches de los sábados, mientras pensaba, nerviosa, en lo que me aguardaba al día siguiente, ese acercamiento suyo me parecía extraño, inexplicable.

Dolores aún me causaba extrañeza.

Camino de la casa de Dolores, en el autobús, me voy alejando del centro de la ciudad, de los soportales de la calle Mayor, donde están los escenarios de los aperitivos. Voy en busca de algo que tal vez ya ha dejado de interesarme. Me pregunto si ese resto aún tiene alguna utilidad, como esos vestidos muy arrugados que aparecían en el fondo de la maleta que las tías de San Juan de Luz enviaban a mi madre por lo menos una vez al año. Parecía que los habían puesto allí al principio de todo para esconderlos un poco, porque debían de ser los que menos les gustaban. Los mandaban por si acaso, no importaba si los acabábamos tirando, luego nunca nos preguntaban por ellos. Curiosamente, alguna vez uno de esos vestidos era el que más me había gustado de cuantos habían enviado las tías. O como los pedazos de jabón gastado que Modesta mezclaba con sosa para hacer pasta de jabón y que luego convertía en pastillas de un jabón descolorido y terroso, que también me gustaba, porque, aunque no hacía mucha espuma, producía una especie de cosquilleo muy agradable en la piel.

31

El autobús atraviesa el río. Miro hacia atrás y veo la catedral como algo demasiado grande, un barco varado, fuera de proporción, que ha sido dejado allí, en tierra, porque en el río se podría hundir. Un naufragio prematuro, antes de que la embarcación sea botada.

Pocas veces he alcanzado el otro extremo del Puente de Piedra. En mi infancia, a este lado del río, por donde ahora circula el autobús, sólo había fábricas. Grandes edificios de ladrillo con ventanas pequeñas y altas chimeneas humeantes. Ahora esas fábricas han quedado encajonadas entre bloques de viviendas baratas. En los balcones, ropa tendida y bombonas de butano. ¿Es aquí adonde ha venido a parar Dolores?, ¿era éste el destino de la chica presumida que ni siquiera en el colegio renunciaba a lucir su cintura de avispa?

Entramos en una urbanización de chalets rodeados por pequeñas parcelas de tierra, en algunos casos convertidas en jardines. Otro país. Había visto barrios como éste en películas norteamericanas, pero aquellos chalets no se parecían a éstos, que estaban a medio hacer. Lo mismo pasaba con los jardines. O no se habían empezado a hacer o se habían quedado a medias. En algunos casos, la parcela de tierra había sido cubierta por losetas de barro cocido. En un rincón, una maceta solitaria. Un remoto aire andaluz.

Me bajé en la parada de autobús que me había indicado Dolores, busqué la calle. Su jardín era de los que se habían quedado a medio hacer. La valla, de baja altura, permitía ver la casa. La puerta de entrada estaba abierta. De todos modos, presioné el timbre. Enseguida apareció Dolores. Llevaba puesta una camisa de hombre y unos pantalones que podían ser de pijama. El pelo le caía desde lo alto en cascada, su pelo rubio ceniza, muy fino, ahora con mechas doradas y blancas. Llevaba gafas de sol.

–¡Pasa! –gritó, mientras se acercaba a la valla–. Está abierta, pero hay que saber cómo funciona esto, a veces se atasca...

Mis zapatos pisan la tierra reseca. Se llenan de polvo. Aún voy vestida con ropa de invierno, aunque no llevo abrigo. En nuestras citas de los domingos por la mañana, Dolores nunca llevaba abrigo. Quizás sólo tuviera el azul marino del colegio, un abrigo de un color ligeramente más claro que el de las demás, era difícil no fijarse en él. Ahora me pregunto por el sentido de ese abrigo más claro, como si fuera la clave de algo. No han pasado tantos años. Aún somos muy jóvenes. Podemos comentar, como hicimos Concha y yo hace sólo unos días, los cambios que ha experimentado el colegio. Evocar el viejo caserón, las normas de silencio, la mirada de la madre Rubio. Quizás llegue a saber lo que pensaba Dolores cuando se ajustaba el cinturón por encima de la bata, cuando se recogía un mechón de pelo frente al espejo, cuando miraba a las monjas por encima del hombro.

Nos sentamos en el cuarto de estar de su casa, rodeadas de niños que pasan por encima de nosotras, unas veces a gatas, otras de pie, como pequeños vándalos, déspotas a quienes tratamos de ignorar. Sólo eran dos, pero parecían una docena, todos iguales. Van y vienen de su cuarto al nuestro, hablan a gritos, traen las jaulas de los hámsters, las abren, quieren jugar al escondite con los hámsters. Dolores tiene una paciencia asombrosa. Acaricia al hámster que roe su zapatilla deportiva.

Mi amiga de las mañanas de los domingos. Hasta allí llegaba mi amistad con Dolores. Por la tarde, ella tenía otros planes. Ya no me necesitaba. Del aperitivo, Dolores salía con una cita para la tarde. Uno de los chicos –el que había pagado el aperitivo– le había susurrado al oído, sin que los demás nos diéramos cuenta, una frase de invitación, una frase un poco vaga: «Si no tienes nada que hacer esta tarde, podríamos quedar para tomar algo.» Éramos demasiado jóvenes para citas de pareja.

Dolores nunca me contó cómo resultaban luego las citas, qué sucedía en ellas. El lunes la volvía a ver en el colegio, otra vez de uniforme. Se me acercaba, aprovechando un descuido de las monjas, me decía en voz baja: «No imaginas lo bien que lo pasé, Eduardo es fenomenal.» Eduardo o Vicente o Luis, quien fuese. Otras veces, me miraba de lejos, sólo fruncía el ceño, como diciendo, qué aburrimiento. Otras, nada, como si la cita no hubiera existido. Puede que fuera así, que algunas citas se quedaran en nada.

Hubo una excepción. Una tarde de domingo.

–Te tengo que pedir un favor –me dijo Dolores al salir de Jamaica–. Ricardo me ha pedido que salgamos esta tarde con su hermano Felipe y que te pidiera a ti que vinieras con nosotros. Tienes que venir, me muero por Ricardo.

Dolores, Ricardo y Felipe Monteleón, y yo. A ellos apenas les conocía, sólo de vista. A Dolores, muy poco. Mi madre hizo cábalas sobre el parentesco de los Monteleón con familias que conocía.

–¿Y adónde vais a ir? –preguntó, inquieta.

Yo iba vestida como para ir a misa. No se había hablado de bailes, aún no había llegado la hora de los bailes. Al igual que mi madre, me preguntaba adónde iríamos y cómo transcurriría la tarde. Cómo sería Felipe Monteleón. Nunca había hablado con él.

Quedamos a las seis de la tarde delante de Santa Catalina. Cuando llegué, ya estaban todos allí. Los hermanos Monteleón flanqueaban a Dolores, que se había cambiado de modelo. Lo más importante: unos zapatos de tacón muy fino. Yo aún no me atrevía con ellos.

No nos habíamos encontrado allí por casualidad, como por la mañana. Miré con disimulo a Felipe, callado. Dolores y Ricardo sabían muy bien lo que se traían entre manos. Ellos sí. Pero en cierto modo dependían de nosotros. Si lo nuestro no funcionaba, lo suyo podía peligrar.

Los hermanos Monteleón tenían coche y nos llevaron a un merendero de las afueras. No nos sentamos a una de las mesas de la terraza ni en el jardín, bajo los sauces sin hojas del invierno, sino en un salón desangelado, frente a un gran ventanal. Los Sauces, un vergel en medio del desierto. Un oasis de sauces para soportar el calor del verano, que estaba lejos. El camarero trajo los refrescos –otra vez coca-cola– y llenó la mesa de bandejas con canapés. Dolores y Ricardo se sentaron muy juntos. Hablaban en susurros.

Se confirmaron todos mis temores, Felipe y yo no teníamos nada que decirnos. Lo poco que decía él, las escasas palabras que salían de su boca, eran inoportunas, estúpidas. Yo no dije nada. Me concentré en los canapés. Nunca había tomado canapés. De salmón, de cangrejo, de queso francés, de caviar, no sé de qué calidad, pero caviar. Una novedad para mí. Felipe no se quedaba atrás. Silenciosamente, competíamos por los canapés.

Regresamos al centro mientras caía la tarde. Pedí que me dejaran en la plaza de América. Los hermanos Monteleón me dieron la mano, uno tras otro. La estrecharon con desgana, los dos.

Me dije que no volvería a aceptar una invitación de Dolores para salir una tarde de domingo con un chico que apenas conociera. Felipe no había hecho el menor esfuerzo por entablar una mínima conversación conmigo. A pesar de que a mí no me interesaba nada Felipe, no podía dejar de preguntarme por qué no le había interesado yo, qué tipo de chica le podría interesar, qué era lo que no le había gustado de mí. No sentía una gran desilusión, pero aquella cita, la primera de mi vida, había resultado un poco decepcionante.

Al día siguiente, en el colegio, Dolores se me acercó y me dijo en voz baja:

–Ricardo es maravilloso.

Le contesté, deprisa, que Felipe era muy aburrido. Dolores se alejó, asintiendo. Lo comprendía.

No se repitió la lenta tarde en el salón desangelado de Los Sauces, el oasis al otro lado de la ventana, los setos, los senderos, los árboles sin hojas, las mesas ocupadas por grupos parecidos al nuestro, las mesas vacías. Fue una tarde que se quedó aislada.

–Mi padre siempre decía que tenías algo especial –dijo Dolores, mientras le daba una leve patada al hámster que intentaba trepar por su pierna–. Le pregunté a quién le podía decir que saliera conmigo y me dijo que a ti.

¿Cuándo había visto yo al padre de Dolores?

–Está muy enfermo –susurró.

Dolores se levantó, sorteó niños, animales y juguetes esparcidos por el suelo, y sacó de un armario una botella de ron y dos vasos. Trajo coca-cola de la cocina.

–No tengo hielo –dijo.

Pensé en el piso de los padres de Dolores. No sé con qué motivo, pero había ido un par de veces, quizás a llevarle algo, un libro, un cuaderno, algo relacionado con los deberes del colegio. Su padre, vislumbrado por el pasillo, era una figura gris, sin cara. Otras veces lo había visto al lado de la madre, en el jardín delantero del colegio. Tampoco allí tenía cara. Pero él se había fijado en mí. Una persona que me había visto muy pocas veces había comentado que yo era especial. Me habría venido bien saberlo en aquel momento, pero quizás no lo hubiera creído, quizás hubiera pensado que el padre de Dolores me confundía con otra chica. Yo me sentía especial, pero pensaba que nadie se daría cuenta. De hecho, Felipe no se había dado cuenta. Me sentía tan separada del mundo que no se me ocurría pensar que el mundo tenía brechas, que no era algo compacto, hecho de personas iguales o muy parecidas, capaces de entenderse entre ellas, como si supieran algo que yo ignoraba.

–Ay –dijo Dolores–, ¡qué vieja me siento! Estoy enamoradísima, estoy colada, absolutamente colada, pero llevo meses recluida. No imaginas lo celoso que es Sergio. Está loco por mí, ésa es la verdad. ¿Te acuerdas de lo que decían siempre las monjas, que los maridos tenían que tener a sus mujeres en un pedestal? Pues eso es lo que me pasa a mí, ¡si me vieran las monjas! Sergio me ha colocado en un pedestal.

Aquella tarde de primavera, Dolores habló mucho más

de todo lo que había hablado en el pasado. No del pasado. Estaba entregada al presente. Sergio era muy ambicioso, se había propuesto ser muy rico, llegar muy lejos. Estaba como un tren, eso era lo primero que había que decir de él. Trabajaba en una empresa extranjera, norteamericana, por eso vivían allí, en esa especie de colonia, chalets que la empresa proporcionaba a sus empleados, muy pronto iba a ser ascendido, quizás tuvieran que vivir un tiempo fuera, aún no sabían dónde, en algún país de Latinoamérica o en África. El futuro se presentaba muy prometedor. Entre tanto, ¡ay!, seguirían viniendo los niños. Sergio era un hombre muy familiar, muy tradicional, quería tener muchos hijos, ella no podía con ellos, ¡qué se le iba a hacer!

Recostada en el sofá, Dolores movía las manos en el aire para acompañar sus palabras. De vez en cuando, las posaba sobre su enorme tripa. Enseguida volvían a volar. Fumaba y bebía coca-cola con ron. Los gemelos subían y bajaban del sofá, se arrastraban por la alfombra, lo manchaban todo. Por fortuna, habían metido ya a los hámsters en sus jaulas.

–Hay que animarse –dijo Dolores, mientras vertía más ron en los vasos–. Sergio es un tipo increíble, es el hombre de mi vida. Pero esto de los hijos, no sé, no acabo de entenderlo. Estoy horrible con esta tripa, y me pesa, no sabes lo que me pesa. Me duele todo el tiempo la espalda, duermo fatal.

Sentí, como un relámpago, que podía quedarme en el cuarto de estar del chalet de Dolores hasta que oscureciera, que podía volver al día siguiente y al otro, que podía al fin hacerme amiga suya de verdad. Sólo fue un relámpago. Le hablé un poco de la universidad. Frunció el ceño. No quería saber nada del mundo que discurría lejos del suyo.

–Gracias por la visita –dijo, en la puerta de la verja.

No me pidió que volviera a visitarla. Nunca me había pedido que la llamara para la cita de los domingos por la mañana. Sabía que acabaría llamándola yo. Ni siquiera lo pensaba. En lo que sin duda pensaba Dolores los sábados por la noche era en el chico que en ese momento le gustaba, en quién pagaría el aperitivo, quién le propondría un plan para la tarde. Yo la admiraba por eso. Porque nada influía en sus pensamientos. Salían de sus propios deseos. Quería ser la más guapa, la que tiene más éxito con los chicos. Las monjas la regañaban. No la aceptaban, aunque hubiera hecho tantas veces de Virgen María. Era distinta, sí. Sonreía, un leve brillo de suficiencia iluminaba sus ojos.

32

La ruptura con Mauricio me dejó fuera del grupo de sus amigos. Las reuniones semanales en el Sebastopol para discutir sobre el sentido de la historia y el triunfo inexorable de la revolución se habían acabado para mí. El grupo de Mauricio seguía reuniéndose allí, me decía Carlos. Un grupo que ya no era el mío. Se sentaban a la mesa de siempre, tomaban lo de siempre, hablaban de las mismas cosas. Como no le conocían, Carlos les podía espiar, aunque el grupo no daba muchas facilidades a los espías. En cuanto alguien se acercaba un poco, se le consideraba sospechoso. Bajaban la voz. Cuando yo había sido parte de ellos, había hecho lo mismo. En los lugares públicos, hablábamos en susurros. Sólo en las raras ocasiones en que podíamos reunirnos en pisos vacíos, nos explayábamos un poco, pero enseguida volvía la cautela, ignorábamos quién viviría en el piso de al lado. Estábamos siempre rodeados de delatores potenciales.

Faltaba un mes para los exámenes finales. Me pasaba el día en la biblioteca de la facultad. Iba comer a casa, no quería volver a pisar los comedores universitarios, donde mis compañeros de clase almorzaban a diario. Después de comer, volvía a la biblioteca y me instalaba en una de las grandes mesas al lado de la ventana. Mi madre comprendió que algo había sucedido. Mauricio había dejado de llamar por teléfono.

Alguna vez, mi madre había intentado saber algo más. Había iniciado frases que luego dejaba en el aire, a la espera de que yo las recogiera. Pero yo no le quería contar nada a mi madre. Algo, una fuerza indeterminada, pero muy arraigada y poderosa, me impedía tener esa clase de confianza con ella. Era una especie de tabú para mí, como si existiera una ley que prohibiera expresamente a las hijas hablar con sus madres de asuntos relacionados con el amor.

No veía a Carlos todos los días. Ni siquiera hablábamos por teléfono diariamente. Nunca hacíamos planes juntos ni imaginábamos un futuro común. Para Carlos, hacer planes era perder el tiempo. Se producen cambios cada día, sostenía, aparecen nuevos elementos con los que no contabas. Lo mejor es improvisar. Lo más inteligente. Adaptarse a las novedades, ser flexible. ¿De qué sirve programar el futuro si, cuando llega, las circunstancias son siempre distintas? Yo siempre había escuchado la breve descripción que hacía Mauricio de la vida que nos esperaba con el corazón un poco encogido. Viviríamos de forma modesta, en un bloque de pisos de las afueras de una gran ciudad. Tenía la visión de las endebles paredes del piso –casi podía escuchar los ruidos del piso de al lado, los pasos en el piso de arriba–, las calles rectas, con árboles frágiles, recién plantados, los bloques de pisos exactamente iguales. También yo prefería no hacer planes.

Acudíamos al piso del amigo de Carlos cuando el amigo estaba de viaje o cuando sabíamos que no iba a aparecer por allí durante un buen rato. A veces, dos, tres días seguidos. Otras, pasados varios días. En las raras ocasiones en las que Carlos se refería al futuro, utilizaba la primera persona, como si diera por sentado que yo no iba a acompañarle al pueblo perdido en el que ejercería la medicina por primera vez. En el fondo, muy en el fondo, me sentía un poco ofendida, pero como esos pueblos perdidos, que imaginaba polvorientos, calcinados por el sol en verano y gélidos en invierno, a imagen de Estremera, no me atraían demasiado, no hacía ningún comentario.

Cuando Carlos aparecía de pronto en la biblioteca, sin aviso previo, yo la abandonaba encantada. Dejaba a mis amigos, casi compadeciéndoles por no contar en la vida con sorpresas como aquélla. Carlos, en general, caía bien a las chicas. Los chicos lo encontraban antipático y arrogante. Tampoco Mauricio les había caído bien.

Transcurrió toda una semana sin tener noticias de Carlos. Era un silencio demasiado largo. Le llamé por teléfono a su casa varias veces. No contestó nadie. Tenía que haber sucedido algo, aunque no podía comprender que, fuera lo que fuese lo que hubiera ocurrido, Carlos no me hubiera llamado para decírmelo.

No tenía muchos datos sobre él. Siempre quedábamos directamente en el piso de su amigo o él me venía a recoger a los lugares donde suponía que yo estaba. Si no me encontraba, no se quejaba, no le daba ninguna importancia. Yo había aceptado ese juego sin querer profundizar. Con Carlos, no sólo no había planes de futuro, sino que el mismo presente tenía un carácter de continua improvisación, de juego de azar. De pronto, me extrañó lo poco que sabía de Carlos.

Una mañana, fui al Sebastopol. A veces Carlos desaparecía, me dijo el dueño. Era así, cada persona, ya se sabe, tiene sus problemas, su mundo. Se trataba de asuntos familiares, por lo que él podía imaginar. Cada familia tiene su misterio y unos lo cuentan y otros no.

La filosofía del dueño del Sebastopol no me sirvió de mucho.

Seguí llamándole por teléfono, pero nunca le encontré. Volví al Sebastopol más de una vez. El dueño recitaba su discurso sobre los misterios de la vida.

Tenía que dar a Carlos por perdido. Había sido una aventura muy breve. Conforme transcurrían los días, me fue pareciendo más y más extraña y a veces pensaba que casi era mejor que hubiera terminado.

Pero otras veces, en medio del silencio de la biblioteca o, de noche, en la oscuridad de mi cuarto, con los apuntes extendidos y los libros abiertos sobre la mesa e iluminados por el foco de luz, me asaltaba la duda, ¿y si le había sucedido algo? Tenía que existir una razón para esa desaparición. Las personas no se esfuman sin más ni más. Se hablan unas a otras, se dan explicaciones. No podía concentrarme en los estudios. Mis ojos se quedaban fijos en las letras, sin avanzar, mientras mi imaginación volaba hacia Carlos, hacia el vacío que había ahora en su lugar. Me preguntaba si me podría presentar a los exámenes.

Desde la ventana abierta de la biblioteca, miraba hacia las copas de los árboles. Unos estudiantes estaban sentados en el césped, a la sombra. Estaba prohibido, pero nadie les decía nada. Les envidié, parecían al margen de todos los peligros del mundo. ¿Es que yo era la única persona que me había aventurado por sendas desconocidas –y tácitamente prohibidas, lo que era, en el fondo, mucho más apremiante que un mero cartel que negara el derecho del viandante a pisar el césped, porque se trataba de una prohibición que ni siquiera se podía formular, que residía en lo más hondo de la conciencia– y me tocaba ahora pagar por mi atrevimiento?, ¿cuántas normas había quebrado?, ¿por qué no había podido ser como una más de mis compañeras de colegio, incluida Dolores Peña, como mis primas, todas casadas ya?

33

Suena el teléfono a las once de la noche. Acabo de cenar, estoy en mi cuarto, estudiando. Mañana tengo un examen. Voy bebiendo el café espeso y amargo poco a poco, a pequeños sorbos, como una medicina, sostengo entre los dedos el cigarrillo encendido. Mantengo un momento el humo en la boca, lo dejo salir despacio. Salgo al pasillo, levanto el auricular negro con la mano libre y tiro del hilo para entrar de nuevo en mi cuarto. El hilo telefónico se queda ahí, atrapado en el marco de la puerta.

La voz de Carlos. Me quedo quieta, petrificada.

–¿Qué tal estás?

–Estoy estudiando.

–He estado fuera –dice, sin especificar–. Me gustaría verte.

–Desapareciste –digo–. Podías haberme llamado. Ha pasado un mes.

–Estás enfadada.

–Desanimada.

–No quieres verme.

–Quiero que me expliques por qué no me has llamado.

–Sin explicaciones, ése es el trato.

–¿Qué trato?, no hemos hecho ningún trato.

–Lo estamos haciendo ahora.

–No.

–Adiós –dice.

Oigo el clic del teléfono. Otro final.

No puedo seguir estudiando. Sé que no me voy a presentar al examen. Ni a ése ni a ninguno. Veo una sucesión de días delante de mí, buscando a Carlos por todas partes, en la universidad, por los pasillos de la facultad de medicina, en el Sebastopol, quizás hasta rondando la casa donde su amigo tiene el piso, esperando su llamada, marcando yo el número de teléfono de su casa, colgando antes de que, al cabo, aparezca una voz que, por toda respuesta, me dé un grito, me reciba con un insulto. Esperando una explicación. Esto es lo que va a ser mi vida desde este momento. Nada más. Una vida llena. No caben los exámenes.

Me pasé la noche en vela. No lloré. Pensaba y pensaba. Eran pensamientos desligados, pozos, aguas negras al fondo del pozo. Pensamientos que se deshacían, que se hundían en el fango, sin palabras que los salvaran.

Por la mañana, en lugar de entrar en el aula del examen, me senté en un banco de piedra, a la sombra. Ya no se celebraban asambleas ni se convocaban manifestaciones. Hacía mucho calor.

La universidad se quedó vacía. No les dije a mis padres que no me había presentado a los exámenes.

No salía de mi cuarto. Ya no echaba el pestillo. Mi madre me traía una bandeja con algo de comer. La comida se quedaba fría y yo la acababa tirando por la taza del váter. Un día tras otro. Una noche tras otra. Los pozos me atrapaban. Tan inacabables como los pasillos del colegio. Silenciosos. Ruidos sordos, el rumor que produce el lodo al desplazarse, al avanzar como la lava de un volcán. El lodo me va cubriendo, enterrando.

Oí una voz extraña. Una voz de hombre que no era la de mi padre. Venía de muy lejos. Reconocí, al fin, la cara del doctor Morales, nuestro médico. Parecía enfadado.

–Vamos a hacer todos los análisis pero, antes que nada, esta niña tiene que comer.

Me asombró que me llamara niña.

Mis padres me llevaron a hacerme los análisis y las pruebas médicas. Estaban muy serios. Me miraban como si me ocultaran algo, como si quisieran preservarme de algo. Mi padre me cogía del brazo cuando íbamos por la calle, cuando había que subir unas escaleras, siempre que había un pequeño obstáculo que salvar.

Hacía tiempo que no me colgaba del brazo de mi padre y ahora era él quien me sostenía con el suyo. A veces, me cogía por la cintura o por los hombros y ponía tanta atención y tanto cuidado en ese gesto que se diría que tuviese miedo de que yo me fuera a romper, a desaparecer.

En cierto modo, dejo de preocuparme. Ya no me asustan tanto los pozos oscuros de la noche. Soy transportada de aquí para allá, observada, examinada mil veces. Me abandono a las miradas de inspección. No soy yo la que se abandona a ellas. Ha habido un movimiento anterior. He salido de mí, he delegado en alguien que se ha quedado en la parte visible de mí, en mi cuerpo, como representación de mí misma. Es esa parte visible lo que los demás observan y vigilan.

34

La primera recomendación de Morales: un cambio de aires. Era un médico a la antigua usanza. Lo ideal era la orilla del mar. Entraron en juego las tías de San Juan de Luz. Recurrieron a una amiga, una clienta, una compradora de sombreros, que tenía una casa que no utilizaba al borde del acantilado, cerca de Guetaria. Nos la alquilaron por poco dinero, un precio simbólico.

Por las mañanas, voy a la playa con mi padre. Nos bañamos en el agua fría del Cantábrico. Mi padre se aleja, nadando, de la orilla, mientras yo me asombro de que sea tan estupendo nadador. Me cuenta, halagado, que aprendió a nadar en la piscina del Club Náutico, a orillas del río, y que en su juventud obtuvo algunos trofeos. Lo dejó.

–No nadaba lo suficientemente bien como para ganarme la vida nadando –dijo, riéndose–. Para ser un verdadero campeón hay que esforzarse mucho. Los entrenamientos son muy duros.

Había nostalgia en su voz.

–Luego vino la guerra –dijo–, la guerra nos partió la vida por la mitad.

Nos quedamos callados. Por primera vez, ha mencionado la guerra. Por primera vez en mucho tiempo.

El silencio que hay entre nosotros no es hostil, es un silencio hecho de secretos que nunca vamos a compartir. Somos un padre y una hija con historias muy distintas. Una guerra ganada. Muchos trabajos perdidos. Quién sabe si él no hubiera preferido tener un hijo en lugar de una hija. O muchos hijos, una casa llena de hijos, aunque eso hubiera supuesto una carga económica. No sólo yo. Una hija única pesa en el alma. Él sabe que estoy enferma, ya convaleciente. Que algo se ha hecho trizas dentro de mí. Algo que tiene que ver con el amor, con la confianza, con la ilusión.

Pienso en Mauricio. Cuatro años a mi lado. Una sombra ahora. No le distingo bien. Pienso en los ratos pasados con Carlos, en el cuarto de su amigo, en el tono tajante de su voz al otro lado del hilo telefónico. Me vienen, a ráfagas, recuerdos del colegio, las ensoñaciones casi místicas en la capilla, los largos ratos de estudio, cuando escribía a escondidas en el bloc de notas historias que yo protagonizaba como si fuera alguien a quien miraba de lejos. Veo el pasillo inacabable, el suelo encerado, respiro el olor a colegio, a uniformes de lana, al hábito de las monjas, a incienso, a flores que se van pudriendo. El jardín desaparecido. La escuela desaparecida. Mis buenas notas, la protección de las monjas y las profesoras. La vergüenza. El miedo de estar lejos, separada de todo. Miedo a no ser aceptada. Un miedo anterior a saber que yo era becaria en el colegio, pero que, una vez sabido, lo subrayó, lo incrementó. Un pasado que se ha hecho lejano, aunque en cierto modo yo sigo siendo la niña vestida de uniforme, una niña callada con ganas de soñar. ¡Que me devuelvan algo, Dios mío! No sé quién me lo quitó. Aún están ahí, duras, hirientes, las miradas de las monjas y de las compañeras de colegio. Ese mundo que no sabe nada de mí y que actúa como si ya lo supiera todo y no hiciera falta indagar ni tener imaginación. Aún me duele ese malentendido y presiento que no lo resolveré, que será siempre así. Me duele perder, como si fuese lo más valioso que he tenido, la secreta ilusión de seguir esperando. ¿He muerto ya, entonces? He sido vencida. No sé si lo que viene ahora será simplemente seguir con los mismos sentimientos, pero más doloridos, viejos, cansados, desilusionados. Envejecidos. Quizás no del todo muertos, porque antes de la muerte no hay final verdadero. Saber que finalmente moriré, ¿puede ser un consuelo?, ¿puede hacer más ligero el peso que me oprime el corazón?

Mi padre enciende un cigarrillo. Apoya los codos en la arena. Un hombre que no es viejo, que aún no está vencido. Un hombre que ha ganado una guerra, que no sabe qué decirle a su hija convaleciente. Se ha llevado un susto de muerte.

La guerra nos partió la vida por la mitad, ha dicho, ha confesado. Estamos ahora cerca el uno del otro, como nunca lo hemos estado, como, probablemente, no lo volveremos a estar. Esto es lo que tengo en común con él, una especie de derrota, algo que los dos hemos perdido. Pero no vamos a volver a decirlo, a dejarlo vislumbrar.

35

Las tías de San Juan de Luz vinieron a ver cómo era la casa que nos había alquilado de forma tan conveniente su clienta, la compradora de sombreros.

Lo mejor de todo era el emplazamiento, dijeron. La casa en sí no valía gran cosa. Habría que hacer obra para dejarla en condiciones. Para pasar unos días del verano era más que suficiente tal como estaba. Cambiaron un par de muebles de sitio y se quedaron medianamente satisfechas.

Alquilaron un coche con chófer. Por las tardes, íbamos a los pueblos costeros a merendar. Las tías no pisaban la playa. No querían ponerse morenas. La recomendación de Morales de tomar baños de mar y de pasar la mayor tiempo posible al aire libre no incluía, en su opinión, tomar el sol. En todo caso, las recomendaciones eran para mí. Y, ciertamente, a la vista estaba: el mar y el aire, y puede que también el sol, me estaban sentando bien. Tenía muy buen color. Estaba claro que a mí me faltaba algo –sin duda, por estudiar tanto, por pasarme el día encerrada entre mis libros– y que ya me estaba reponiendo. Pero ellas no tenían deficiencia alguna. Preferían las calles, las tiendas y las cafeterías al ambiente de la playa. Eso era lo que les daba la vida, la salud. Daba igual quién tomara la palabra, las dos decían lo mismo.

Nos habíamos sentado en la terraza de un hotel. Una chica se me acercó: Maite, la niña que me miraba desde la mesa de los Moraleda en el refectorio del colegio, mientras, con los ojos llenos de lágrimas, trataba de tragarse la mortadela. Nos dijo que ése había sido su último año de colegio.

–¿Veraneas aquí? –preguntó–. Nunca te había visto.

Le dije dónde me alojaba.

–Sí, ya conozco la casa, es un granero o algo así, parece un lugar de ensueño. Me encanta el sitio.

–Ven a visitarnos –dijo la tía Magda.

Maite se sentó un rato con nosotras. En el colegio yo la había compadecido, pero ahora, vestida de verano, sentada en una de las sillas de mimbre de la terraza del hotel, no era en absoluto digna de compasión. Ése era su terreno. Su familia veraneaba allí desde hacía muchos años. Desde siempre, dijo. Alquilaban un piso en el centro del pueblo. Me pidió el teléfono porque al día siguiente su pandilla iba de excursión no sé a qué ermita y, si me apetecía, podía sumarme a ellos. Yo conocía la existencia de esos veraneos de los Moraleda porque Mauricio siempre se había referido a ellos en tono despectivo. Eran el último vestigio de las costumbres del pasado. Vestigios o no, a Maite le proporcionaban una seguridad que en el colegio no había tenido, porque las normas del colegio tenían un curioso matiz democrático. Las monjas, en la vida diaria, nunca nos llamaban por nuestros nombres. Cada alumna tenía asignado un número, que escribíamos en la tapa de los libros y los cuadernos y con el que se marcaba la ropa, además del vaso para el agua y el servilletero de plata que llevábamos de casa y dejábamos en el colegio durante todo el curso y que las sores distribuían diariamente por las mesas del refectorio. Nuestros nombres sólo se pronunciaban en la ceremonia de los premios, a final de curso, y en alguna que otra ocasión muy especial. De forma que en el colegio Maite, como cualquier otra alumna, había sido, fundamentalmente, un número. Ahora, fuera del colegio, se sentía orgullosa de pertenecer a una familia que había veraneado en aquel pueblo del norte desde quién sabía cuántos años, por lo que, además, tenía una pandilla de amigos –cuadrilla, dijo– que, se sobreentendía, veraneaban allí, como ella, desde siempre. Frente a Maite, yo era una advenediza.

Las tías dijeron que el plan que proponía Maite era estupendo. Mi madre me miró como si sólo deseara eso, que me incorporara a la vida, a las felices excursiones de verano de los días nublados.

Pero yo dejé pasar esa oportunidad. Fue Maite quien, otro día nublado, llamó.

–Me encantaría hacerte una visita –dijo–, ¿qué tal te viene esta tarde?, ¿te importa que vaya con mi prima Elena?, te acuerdas de ella, ¿verdad? Ella sí se acuerda de ti, le apetece mucho verte.

Me acordaba de Elena. Una chica de cara borrosa y voz muy aguda, que nunca me había inspirado la menor simpatía, ¿no era precisamente Elena la presidenta de mesa cuando Maite, en la esquina, trataba de contener las lágrimas ante el plato rebosante de mortadela? Maite y Elena llegaron a la casa sólo con cinco minutos de retraso sobre la hora que habían anunciado. Las había traído el chófer de un amigo.

Maite dijo que el amigo era un chico encantador, que ellas no tenían más que decirlo y él les ofrecía el coche, con el chófer, de forma inmediata. Eso les decía siempre: nada le gustaba más que poner el coche a su disposición. Maite declaró que el amigo era tan encantador que ella estaba a punto de enamorarse de él. Soltó una risita.

Las dos primas se rieron: Maite y Elena, las primas de Mauricio, mis vecinas de mesa en el refectorio del colegio. Se reían, como enseguida pude comprobar, por cualquier motivo. La misma risa para todo. Muy breve. Iban vestidas a la moda de aquel verano, pantalones tobilleros, camisas de aire marinero, calzadas con bailarinas, bolsos de paja colgados del hombro, tonos blanco y azul marino, algo de beige. El pelo suelto y muy liso. La piel muy bronceada.

Elena alabó la casa. Era maravillosa, dijo. Una verdadera casa de verano, con muebles rústicos, acogedora, fácil de limpiar, sin duda.

La tía Magda entró con la merienda. Había hecho chocolate y comprado unas pastas.

¿Había algo mejor que el chocolate en una tarde lluviosa?, preguntó, a nadie, Elena. Las pastas estaban riquísimas, ¿de dónde eran?, ¡seguro que eran de Nevada!

La tía Magda dijo que, efectivamente, las había comprado en la confitería Nevada.

Claro, repuso Elena, las pastas de Nevada no tenían nada que ver con las demás. Pero ¿y los rusos?, ¿había algo mejor que los rusos de Nevada?

La tía Magda, con expresión de felicidad, nos informó de que también había rusos. Pero teníamos que empezar por las pastas. Los rusos eran de postre, como quien dice.

Maite y Elena se comieron todas las pastas, que mojaban un poco en el chocolate, y luego dieron buena cuenta de los famosos pastelillos rusos de Nevada. No paraban de parlotear, hablaban de los pisos que habían ido alquilando para pasar los meses de verano, de las ventajas de unos y de los inconvenientes de otros, de los veraneantes de toda la vida, cómo vestían, qué opinaban de una cosa o de otra.

Era ya muy tarde cuando aparecieron la tía Inma y mi madre.

–Hay un coche a la puerta, un Bentley color crema –dijo la tía Inma, en un tono que hacía pensar que no sólo entendía mucho de coches, sino que estaba acostumbrada a verlos delante de su puerta.

–¡Es que ya son las nueve! –dijo, medio gritando, Maite–. Este hombre es de lo más puntual.

–Yo creo que se aburre, Álex no le da ningún trabajo –comentó Elena.

¿Nos habían informado antes del nombre de su amigo? Creo que no. Pero ya nos habían hablado de él y daban por sentado que habíamos prestado atención suficiente como para no tener que dar más explicaciones. Ése era su mundo, lleno de nombres propios y claves personales. Habían dejado que lo atisbáramos.

Se pusieron en pie casi al mismo tiempo, se despidieron con besos y frases de elogio hacia la merienda y hacia la casa. Desde el interior del coche, nos dijeron adiós con la mano.

–Son muy simpáticas –dijo la tía Magda–. Deberías salir con ellas.

Todos asintieron.

–¿A quién se le puede ocurrir llamar rústicos a estos cuatro muebles viejos?, sólo son muebles viejos... –dijo de pronto la tía Inma.

Porque, al despedirse, Elena había vuelto a decir que le gustaba mucho la casa y el estilo rústico con que estaba puesta, y yo había advertido una expresión de perplejidad en la cara de la tía Inma.

–Yo creo que lo decían con buena voluntad, para quedar bien –dijo su hermana.

–No son muebles rústicos –insistió la tía Inma.

Mis tías y mis padres siguieron luego hablando como si mis compañeras del colegio aún estuvieran entre nosotros. Quizás querían que el ambiente de superficialidad, de frivolidad, que nos había envuelto a todos como si fuera algo mucho más seguro de lo que teníamos cuando estábamos solos, durara un rato más, que no desapareciera tan pronto. La visita de Maite y Elena les había mostrado, de golpe, cómo podía haber sido yo. Ésa era la normalidad de la que, quién sabe por qué, yo huía. No es que quisieran que yo fuera exactamente como ellas –quizás a mis padres y a mis tías también les habían parecido algo ridículas y pretenciosas mis ex compañeras de colegio–, pero los fallos que tenían eran perdonables. Respondían a una vanidad y un exhibicionismo típicos de la juventud. Se podían corregir. Mi fallo era algo mucho más profundo e indeterminado. Ni siquiera sabían de dónde nacía. Debía de ser algo difícil de corregir. De curar. Puesto que se trataba de una enfermedad.

Hablaban entre ellos y me miraban de vez en cuando para comprobar si yo les escuchaba. Se preguntaban si el esfuerzo que estaban haciendo por mí daría sus frutos. Si me volvería a quebrar. Trataban de dominar su inquietud. Que no se reflejara en las miradas un poco de soslayo que me dirigían. Casi podía escuchar las conversaciones que tenían lugar entre ellos cuando yo no estaba delante. Todo lo que me ocultaban. Sus esperanzas de que cambiara, de que me adaptara, de que fuese como los demás, de que mi mal fuese pasajero.

36

Por la noche, recibí, en mi cuarto, la visita de la tía Inma. Asomó su cabeza medio rubia, medio rizada. No podía dormir, se quejó, estaba desvelada.

Se sentó a los pies de mi cama. Llevaba puestos el camisón y la bata, pero aún no se había recogido el pelo en la redecilla que se ponía para dormir. Sin maquillaje, con los labios descoloridos, era una mujer muy distinta. Ya no se parecía a su hermana. Tenía cierto aire teatral –o cinematográfico–, como si hubiera vivido mucho o vivido otras vidas que nadie conocía. Era su momento de reposo, entre papel y papel.

Encendió un cigarrillo, buscó algo que le sirviera de cenicero, un pequeño platillo de porcelana.

–A Magda lo que más le gustaría sería que te casaras con un chico que tuviera un coche como el que ha venido a recoger a tus amigas, un chico de la buena sociedad –dijo, medio riéndose–. Magda aún cree en los príncipes azules. No para ella, para los demás. Para ella la vida no es más que un espectáculo. Es una suerte ser así. A ti las cosas te afectan demasiado –dijo, mientras levantaba el cigarrillo en el aire y me señalaba con él como si fuera un puntero.

No sé cómo –está hablando de su juventud–, de pronto sale a relucir Carmen Gómez Moraleda. La madre de Carmen, Sara, prima de los Moraleda del almacén, había sido una niña guapísima, dice. Se trata de algo un poco escabroso, anticipa. Se rumoreó que un tío suyo se había propasado con ella. Sara era muy joven, no tenía ni veinte años, se quedó embarazada. La habían casado con Pedro Gómez, el joyero. Un hombre rico y muy enamorado de Sara. Había sido muy digno. Cortó toda relación con la familia Moraleda. Compró el palacete de la plaza de los Archivos y se instalaron allí a vivir por todo lo alto. Los rumores cesaron. Había muchos secretos en aquel momento, la gente ocultaba muchas cosas. La guerra acababa de terminar. Finalmente, Carmen se había enterado de su origen. Había sido entonces cuando había dejado la casa de sus padres y había empezado a dar clases en el colegio. Las monjas la protegieron, le proporcionaron trabajo y una forma de vida. Pero no la admitieron en la congregación, no le habían dejado meterse monja por ser hija ilegítima.

La tía Inma me cuenta todo esto en un tono de lamento melancólico, como si le pesara de forma especial, como si se lo estuviera contado a sí misma por alguna razón, para sacar alguna enseñanza, aunque sea tarde.

–¡Qué crueldad! –concluye, con rabia–. ¿Es que Carmen tiene que pagar por los pecados de sus padres?, además, ¿qué pecados?, ¡cuánta miseria, Dios mío, cuánta ruindad! Precisamente quienes tendrían que dar ejemplo son los que peor hacen las cosas, los más soberbios...

Se levanta, se asoma a la ventana.

–Es luna llena –dice–. Ven, mira qué claridad.

Me acodo en el alféizar, a su lado, respirando el aire fresco de la noche.

Queda en el cuarto el rastro del perfume de la tía Inma, mezclado con el aire marítimo y los olores del jardín. Creo que la tía Inma ha venido a mi cuarto con la intención de transmitirme algo. Su visita ha sido una forma de decirme que me entiende. Todos tenemos problemas, cada cual debe buscar su propio camino.

Me pregunto qué significan para mí los dramas ajenos, si me identifico con ellos, como creo que le sucede a la tía Inma, tal como he atisbado a través de la pasión con que me ha contado la historia de Carmen, o, por el temor de que me invadan demasiado, de que me lleguen a suplantar, y, llevada por la necesidad de defenderme de esa invasión, los alejo de mí, los rechazo.

Aún me estoy un rato asomada a la ventana, contemplando el cielo nocturno y el reflejo de la luna en las olas lejanas, las estrellas que brillan en el cielo, aún más lejanas, escuchando el sonido del mar. Como si éste fuera, al fin, el único misterio que me interesara. En esta inmensidad, las luces, que parecen haber trazado una red donde quedara atrapado el universo, revelan, sobre todo, que el aire no se puede retener. No sé dónde está el tiempo que, a pesar de todo, transcurre.

37

Recibí una carta certificada con el membrete del rectorado de la universidad. Me costó comprender lo que decía. Se me había abierto un expediente disciplinario y, como primera medida, tenía prohibido el acceso a la universidad. Aunque entendía algunas palabras –entre ellas, la derivada de prohibición–, el sentido general me dejaba atónita. Llamé a mis compañeros de clase. Sólo uno de ellos, Mario Zaldívar, había recibido una carta como la mía. Mario era, como yo, delegado de curso. Más de una vez, después de una asamblea, la policía nos había pedido los carnés de identidad a todos los reunidos y los había retenido un par de días. Era evidente que se estaban haciendo fichas de los estudiantes más comprometidos. De esas fichas habían salido nuestros expedientes.

Durante todo septiembre y parte de octubre, se sucedieron las reuniones, las entrevistas con abogados y profesores en busca de apoyo, de orientación. A nuestra facultad correspondía la mayor parte de los expedientes en curso, veinte en total. Quince, en nuestra facultad. Con la excepción de un par de nombres de quienes se sabía que pertenecían al partido comunista, la mayoría habían caído sobre estudiantes que, como yo, eran delegados de curso y asistían regularmente a las asambleas generales y a las reuniones de la cámara del sindicato. Con muy pocas excepciones, los profesores dijeron que ellos no iban a prohibirnos la entrada en el aula, y que, aunque no estuviéramos en las listas de los alumnos matriculados –no se nos permitía realizar el trámite de la matrícula–, si queríamos presentarnos a los exámenes, nos guardarían la nota hasta que el asunto se solucionara. Eso fue lo que nos recomendaron los abogados que se hicieron cargo del caso. El asunto se resolvería a nuestro favor, teníamos que hacer todo lo posible para no perder el curso.

Era mi último curso de carrera. Me quedaban tres asignaturas pendientes de cuarto, las que no admitían ser aprobadas por parciales y que necesariamente yo había dejado para el final. No me había presentado a esos exámenes. El mes de junio había sido como un enorme agujero negro que se lo había tragado todo. Acabado el verano, me creía capaz de dedicar casi todo mi tiempo a los estudios. Había pensado que, como había preparado bastante bien las tres asignaturas pendientes de cuarto curso, hablaría con los profesores para buscar una solución y poderme matricular en quinto. Ahora me encontraba sumida en una preocupación mayor.

Por fortuna, no estaba sola. En la facultad, se nombró una comisión encargada de prestar ayuda a los estudiantes expedientados. Se disolvió enseguida, pero al principio representó algo. Un miembro de la comisión nos acompañó de despacho en despacho. Lo único que no se pudo solucionar fue la entrada misma en la facultad. La policía pedía los carnés en la puerta.

A pesar de que me pasaba el día alrededor de la universidad, de conocer a todos los profesores y a los dirigentes del sindicato de estudiantes y de estar sumergida en todo tipo de reuniones, físicamente, estaba fuera. Mario me dijo que se marchaba. Tenía familia en Bilbao y decidió pedir el traslado. El expediente sólo prohibía el acceso a la facultad en nuestra ciudad. Yo me preguntaba si no debería seguir el ejemplo de Mario y empezar a tramitar el traslado, aunque no sabía adónde marcharme ni de qué iba a vivir si me marchaba. Fue entonces cuando, inesperadamente, el catedrático de historia económica, una asignatura que siempre se me había resistido, se erigió en protector mío. Fui a verle a su casa, acompañada por un miembro de la comisión de ayuda a los expedientados. Nos recibió en un despacho pequeño y algo lúgubre. Era un hombre delgado, cetrino, que agitaba mucho las manos. Marcelino Fortún.

Dijo que era una pena que me marchara, estaba seguro de que al final el asunto se resolvería de forma satisfactoria. Sólo intentaban amedrentarnos. Entre tanto, él se ofrecía a prepararme, a orientarme en los estudios de todas las asignaturas y, si fuera necesario, a pedir él mismo ayuda, en mi nombre, a los profesores.

En un par de días, mi vida dio un vuelco. De encontrarme en la calle, con la prohibición expresa de pisar mi facultad –y, por extensión, toda la universidad, ya que durante unos meses pidieron los carnés en las puertas de todas las facultades–, pasé a situarme en el centro de atención de un grupo formado por los profesores y estudiantes más destacados. Marcelino Fortún y dos estudiantes suyos me daban clases particulares. Tenía un programa de lecturas tan extenso que la posibilidad de que fuera a sobrarme tiempo quedaba completamente descartada. No censuraron abiertamente los libros que el grupo de Mauricio me había empujado a leer –o, en todo caso, a hojear–, pero me incitaron a ampliar la gama histórica e ideológica que aquellos libros abarcaban. La revolución francesa era casi más importante que la rusa. Ahora el santón era Popper.

Aquel intenso programa ocultó el agujero negro en el que me había perdido al inicio del verano. Todas las personas que me rodeaban, que me acompañaban de aquí para allá o con las que me entrevistaba o reunía, constituían una barrera de protección que me impedía asomarme al abismo que meses antes había sentido en mi interior y en el que había estado a punto de caer de forma irremisible. Había tantos asuntos que resolver que mi cabeza no disponía de tiempo para hacer recuentos íntimos.

Todo estaba resuelto, menos la vida en casa. El expediente había hundido a mis padres. Después del esfuerzo que acababan de hacer por mí, de oírme decir muchas veces, a la vuelta de las vacaciones, que sólo quería estudiar y acabar la carrera, surgía ese inesperado obstáculo. Lo peor del asunto era que se había hecho público. Los nombres de los estudiantes expedientados habían salido en los periódicos. Los apellidos de mis padres.

Mi padre volvió a gritar. Estaba desbordado. Ese expediente era un verdadero insulto para él. Mi madre suspiraba, profundamente abatida. ¿Por qué no les había avisado? Por mucho que les dije que a mí todo aquel asunto me había cogido por sorpresa, no lo entendían. Esas cosas no pasan porque sí.

Sabía que me tenía que ir de casa de mis padres, pero no sabía adónde y no tenía dinero. Se lo comenté a mis protectores. Me ayudarían, dijeron. Tenían amigos y conocidos que deambulaban por pensiones y habitaciones de alquiler. Estudiantes que se ponían de acuerdo para alquilar, todos juntos, un piso. Fui a parar a una casa de las afueras, en el borde mismo del desierto. Tenía un cartel en la puerta: Benarés.

38

Mi nueva casa se encontraba en un barrio de casas bajas, casi un pueblo. Estaba rodeada de un jardín que nadie cuidaba. Era parte del desierto. Tenía un cuarto para mí sola. Lo pagaba con dinero que obtenía con trabajos esporádicos que me proporcionaban los profesores. Correcciones de estilo de inmensos volúmenes de historia y de economía. Mi madre me pasaba algo bajo cuerda. La casa, de todos modos, no era muy cara y éramos muchos, no se trataba de demasiado dinero.

En Benarés cada uno se dedicaba a una cosa. Había quien iba a la universidad y quien no, quien tenía un trabajo fijo o un empleo eventual, esporádico. Muchos de los habitantes de Benarés hacían vida nocturna. O se quedaban en casa, estudiando, como yo, o salían de bares por el casco antiguo y volvían al amanecer. Por las mañanas, solía reinar un silencio sepulcral. Pero a partir de determinado momento, te podías encontrar, en la cocina, a todo tipo de gente. Siempre había gente en la cocina. Alguien que hacía café o buscaba una botella de vino. Los ceniceros de la mesa de madera de la cocina estaban rebosantes de colillas. Cenizas de hebras de tabaco y marihuana. La casa entera olía a marihuana.

No había calefacción en la casa. En los cuartos teníamos estufas eléctricas, pero en invierno el pasillo se quedaba helado. Soplaba el viento como en el callejón de la esquina de la Bodega Alta. Las estufas se ponían al rojo, se quemaban, se fundían los plomos. Se oían gritos de protesta. Reinaba la oscuridad. Ruido de sillas. Alguien se encaramaba, ¿quién tiene una cerilla? No encontraba los plomos. ¡Zas!, volvía la luz, el milagro de la luz.

En aquella casa llena de gente no faltaban interlocutores si se quería hablar. Se hablaba de política y de la necesidad de la revolución, pero empezamos a preguntarnos de qué revolución estábamos hablando y no resultaba fácil que nos pusiéramos de acuerdo. Las discusiones más acaloradas terminaban siempre en la concordia que facilitaban el vino y la marihuana. Los habitantes de Benarés no tenían nada que ver con el grupo de Mauricio, que tanto temor me había inspirado. A la mayor parte de ellos no les importaba que les tildaran de frívolos. La gran pasión compartida era la música. Sin música no se podía vivir.

A los estudiantes que me daban clase les gustaba venir a Benarés. Al principio, era yo quien iba a sus casas, pero enseguida optaron por venir a la mía. A última hora de la tarde, solía improvisarse una especie de fiesta, ya fuera en la cocina o en uno de los cuartos. Me venían bien esas expansiones, porque la materia de mis estudios me resultaba demasiado ardua. Estudiar era lo único que podía hacer, ya que me estaba vedada la asistencia a clase. Pero necesitaba compensar todos esos estudios y lecturas tan serias –la lista de libros que mis profesores me recomendaban no hacía más que aumentar– con otra clase de lecturas y, probablemente porque el ambiente lo propiciaba, poco a poco me fui interesando por el mundo de los sueños.

Era una forma de volver a la literatura. Por alguna razón, siempre me estaba apartando de ella. Siempre me había dado miedo de que nos quedásemos encerradas las dos juntas, sin posibilidad de salida. Siempre había pensado que, en ese caso, acabaría conmigo, me mataría.

Había muchos libros en la casa, oráculos chinos y juegos de cartas. Empecé a interpretar los sueños que me contaban y de pronto, sin habérmelo propuesto, me encontré dando consejos. Porque, después de contarme sus sueños, mis interlocutores me hacían preguntas, buscaban orientación. Yo indagaba en las coincidencias, en las repeticiones. Eran pistas para saber quién era el otro, en qué podía apoyarse, cómo guiarse en el laberinto. Los sueños estaban llenos de pistas. Había pistas, también, en lo que decían, en las mismas preguntas que me hacían, en cómo las hacían.

Me intrigaba ese mundo en penumbra, de ecos, de señales encubiertas, secretas. Llevaba años interpretando los gestos y palabras de los otros. Llevaba años, desde que era muy pequeña, observando a los demás.

Ahora, mientras me concentraba en buscar las respuestas a las cuestiones que, de uno en uno, me planteaban, ya no me preguntaba si los demás se parecían a mí –lo que representaba un alivio–, sólo pensaba en buscar una salida que encajara en el laberinto que las cartas y los hexagramas habían trazado.

En una tienda de antigüedades encontré una caja china de laca cuyos cantos estaban gastados y que guardaba en su interior fichas de nácar. Eran redondas, cuadradas o rectangulares y tenían pequeños paisajes grabados, todos diferentes. Las incorporé a las cartas del tarot y a los hexagramas del I Ching. Era un rito. Cubría una mesa pequeña con un viejo pañuelo de seda y encendía una vela.

Al final, de tanto mirar las cartas y los dibujos de las

fichas, se me nublaba la vista. Me quedaba extenuada. Mi interlocutor, en cambio, estaba exultante. Ese trasvase me asombraba. Suponía una clase de poder incontrolable, casi objetivo. Como una ley. Me situaba al margen, no era yo la que contaba cosas. Yo hablaba de otra cosa, algo que lo enlazaba todo, razones ocultas, hilos invisibles. Por ese terreno transitaba sin miedo, sola. Como si nadie me mirara. Como el trapecista que practica en la cuerda suspendida en el aire cuando nadie le ve.

Uno de mis consultantes, un amigo de alguien, que apareció un día y a quien no volví a ver, me regaló un anillo de plata con forma de calavera. Lo había comprado en México el Día de los Muertos. Me lo puse y ya no me lo quité. Sólo me lo quitaba para dormir. Era demasiado grande y se me clavaba en los dedos. Pero yo lo llevaba siempre puesto, como si fuera parte inseparable de mi mano.

Mientras mis tutores me daban clase, a veces se quedaban un momento con los ojos fijos en mi anillo. Se sentían un poco desconcertados ante aquella calavera de plata tan grande, tan desproporcionada. Pero, al fin, yo había sido expulsada de la universidad y eso me situaba en un lugar especial, marginal, que, en cierto modo, debían pensar, se correspondía con aquel extraño anillo.

39

Una tarde, en la cocina, me abordó un chico que, dijo, sabía muchas cosas de mí. Se llamaba Jacinto. Era amigo de Carlos. Me dijo dónde vivía. Era el piso donde Carlos y yo habíamos pasado algunas tardes. ¿Cuántas? A veces me parecían muchas. Otras, muy pocas.

Conocía los gustos de Jacinto. Estaban impresos en la habitación que, no hacía tanto tiempo, había sido el escenario de aquellas citas. El propietario del piso era un chico delgado, de piel un poco aceitunada, más bien bajo. Sus ojos estaban llenos de vida, de curiosidad. Dos puntitos negros que lo inspeccionaban todo, que querían alcanzar el fondo de algo, clavarse allí.

–Pensé que nunca te conocería –le dije–, que a lo mejor eras un fantasma.

–Un fantasma, qué bonito –dijo.

Hablaba muy deprisa, yo no acababa de entenderle. Había estado al tanto de todo, decía. Carlos se había portado fatal conmigo, él, Jacinto, se lo había dicho, las personas no debían comportarse así, lo menos que se podía hacer cuando se ha tenido una relación íntima con alguien es dar explicaciones, no escabullirse. Hay que dar la cara, eso era lo que le había dicho a Carlos, aunque Carlos no le había hecho el menor caso. Se habían enfadado como nunca lo habían hecho antes, habían tenido la mayor bronca de su vida, con gritos y toda clase de insultos, habían estado a punto de pegarse. Carlos había sido su mejor amigo, pero Jacinto había cortado con él de forma radical. Hay cosas que no se pueden admitir. Eso había sido una bajeza.

–Una cobardía –concluyó.

No sabía de qué me estaba hablando.

–¿Nunca te habló de Alicia? –me preguntó.

Nada más decirle que no sabía quién era Alicia, de golpe, todas las piezas casaron. Jacinto seguía hablando. Carlos se había tenido que casar con Alicia forzado por las circunstancias. Habían sido novios desde la infancia. Carlos había intentado romper con ella, quién sabe lo que le habría dicho, su imaginación no alcanzaba ni a esbozar esa conversación, pero de algo estaba seguro, había sido contraproducente. No sólo no habían roto, sino que Alicia se había quedado embarazada. Carlos había sido atrapado, pero la culpa era enteramente suya. Jamás decía la verdad, siempre andaba así, con medias verdades, escondiéndose de todo el mundo. Jacinto insistía en la cobardía de Carlos. Se complacía en afirmar que su amigo no había jugado limpio conmigo.

–Quería conocerte. Necesitaba decirte lo que pienso de Carlos.

Jacinto había viajado por la India. Había estado en el verdadero Benarés. Me describió el amanecer en el río. Las barcas, las flores, las lamparillas, los baños de purificación, las piras donde se quema a los muertos, los palacios ruinosos convertidos en posadas para los peregrinos, las calles estrechas, el suelo resbaladizo, los mendigos semiocultos en los recovecos. Una atmósfera muy poderosa, dijo. Todo lo demás resultaba pálido.

Por la ventana de mi cuarto se veía el desierto. El río quedaba lejos. Un paisaje blanco. No era nieve, sino polvo.

Jacinto volvió al día siguiente. Siempre tenía cosas que contar, paisajes que describir. Comparaba ciudades, personas. Dictaminaba, divagaba. Presumía de haberse iniciado muy temprano en la vida sexual y de conocerlo casi todo en el universo de las drogas. Llevaba siempre consigo un saquito con marihuana. Excepcional, decía. De su propia cosecha. La cultivaba en su balcón, en macetas medio escondidas. Tenía siempre mujeres a su alrededor. Era un merodeador de mujeres.

En Benarés había muchas chicas sueltas, muchos cuartos donde pasar la tarde. En el mío pasó algunas tardes. Recorrió todos los cuartos. Clavaba sus pupilas pequeñas y negras en los ojos de la chica de turno, se enamoraba. Después de la conquista, se estancaba. Ya no tenía nada que dar. Se agotaba en los preámbulos. Se quedaba callado, rendido. Se daba cuenta de que ya lo había dicho todo, que se había quedado vacío de palabras. Aunque seguía hablando, ya no hacía sino repetirse. Se acababa el amor y se reponía. El mundo estaba por encima de él. No lo alcanzaba nunca. Las mujeres le daban cobijo. No por mucho tiempo.

Le veía deambular por el pasillo y, por la forma en que me miraba, con los ojos llenos de luz o apagados, tristes, por sus andares, a pequeños brincos o arrastrando los pies, por todos sus gestos y ademanes, resultaba fácil adivinar si se encontraba al comienzo o al final de una de sus historias.

40

Me levantaba a media mañana. Todos dormían. Algunas mañanas, antes de ponerme a estudiar –mis profesores venían a darme clase por las tardes–, iba a hacer la compra al mercado del barrio, La Pequeña Lonja. El bullicio me remitía a la infancia, al trajín del Mercado Central, al recorrido que hacía mi madre por los puestos, hablando con los tenderos como si fueran grandes amigos suyos, sus amigos de verdad.

La Pequeña Lonja estaba muy cerca de casa. Era un edificio de estructura circular, hecho de ladrillo. La cubierta, muy deteriorada, había sido parcheada con láminas de zinc, medio superpuestas unas sobre otras. Cuando llovía, todo se llenaba de goteras. La gente se resbalaba al pisar el barro y los charcos que se formaban en el suelo. Pero los días de lluvia eran tan excepcionales que nadie protestaba. Reinaba un aire festivo, de diversión. La mujer que se había caído, al fin, también se reía. Todos la ayudaban a levantarse, a recoger la fruta desparramada por el suelo.

En el pasado, La Pequeña Lonja había sido una modesta sucursal de la otra, la lonja del centro, que ya no se utilizaba como tal, sino como sala de conferencias y reuniones. Pero así como la principal había ido decayendo hasta cambiar, radicalmente, de actividad, la pequeña había mantenido su carácter. Mi padre me había llevado a la lonja del centro en una única ocasión, había dejado que lo acompañara a una reunión de pequeños empresarios.

Mi recuerdo de aquella visita era muy vago. Un amplio espacio lleno de hombres que gritaban mucho. Discutían, se mostraban unos a otros, en tono exaltado, papeles y monedas que yo no podía ver bien. Extraños tratos, negocios enigmáticos, ¿estaba mi padre metido en eso? Él también gritaba y discutía en medio de la multitud. Se abría paso, conmigo colgada del brazo, a empujones. Me buscó una silla y me mandó sentar, un poco apartada de los remolinos de gente. Allí me quedé, tratando de no perder de vista a mi padre, que iba de un grupo en otro. Aparecía y desaparecía continuamente. Poco a poco, la reunión se disolvió. Mi padre, ya desprendido de la multitud, se dirigió hacia mí. Un murmullo, un empujón. Nos vamos. Salimos a la calle.

Mi padre parecía ensimismado. Mudo, agotado. Como si no hubiera sacado nada en limpio. Después de tanta vehemencia, se había quedado sin fuerzas.

Dejo atrás el silencio de la mañana en casa. Las puertas de los cuartos, cerradas. La cocina, desordenada, vacía. El bullicio que reina en La Pequeña Lonja es el de la normalidad de la vida. Las amas de casa, de quienes no conozco el nombre ni las casas donde viven ni las familias a las que pertenecen, los tenderos, a quienes las amas de casa llaman por sus nombres, y todos esos personajes que llevan y traen las mercancías que se exponen y venden, forman la corriente de la normalidad, de la vida que se inicia cada mañana. Las mujeres esperan su turno para hacer los pedidos a los tenderos con extraordinaria paciencia. Entre tanto, desgranan secuencias de sus vidas, hablan de sus maridos, de sus hijos, de sus cuñados y de sus suegras. De enfermedades, de muertes. Se diría que todo el mundo está enfermo. Los que no están muertos.

¿Es esto la vida?, ¿esta sarta de quejas y lamentaciones enunciada de forma cantarina, con cierta distancia, incluso con indiferencia, como si no acabara de tomarse del todo en serio, como si sólo se dijera porque se tiene que decir? No era eso lo que de verdad parecía importarles a esas mujeres, sino aprovechar bien su turno, pedir lo que necesitaban con toda calma y todo detalle, que no se les colara nadie. Aprovisionarse. Luego veías a estas mujeres por la calle, ya cargadas de bolsas, camino de sus casas, y parecían cansadas, como si todas las tareas que les quedaban por hacer las fatigaran de antemano. En el mercado, la vida cotidiana alcanzaba una especie de cumbre. Los gritos, quejas y risas adquirían un significado que las sobrepasaba a todas. Quizás acudían al mercado con ese fin, para palpar, más bien para intuir, para vislumbrar, eso intangible que las sobrepasaba.

Empecé a conocer un poco a esas mujeres. De vista y de oírlas hablar. Algunas veces, se dirigían a mí como si yo fuera una de ellas. Empecé a conocer sus nombres, a hacerles el pequeño favor de guardarles la vez en un puesto mientras ellas se iban a otro para ganar tiempo, porque siempre querían ganar tiempo, aunque no hacían otra cosa que perderlo, demorándose aquí y allá con cualquier excusa.

41

Una de las mujeres que deambulaban por la lonja se me emparejó un día, ya en la calle.

Cocinaba todos los días para ocho personas, me dijo, tenía diariamente esa tarea: llenar ocho bocas al mediodía y a la noche, no se salvaba ni un solo día, había que tener mucha imaginación. No se trataba de sus hijos, no tenía hijos, ni ocho ni uno ni ninguno. Se llamaba Matilde y trabajaba en una pensión. Estaba completamente entregada a su trabajo. Cocinar era su vida. La pensión era su vida. Se rompía la cabeza para que los huéspedes se quedaran contentos con las comidas, siempre estaba pensando en cómo aprovechar mejor las sobras. Tanto pensaba en la comida, que se despertaba en mitad de la noche y seguía con la comida en la cabeza... ¡Mira que no poder dormir por estas tonterías!, suspiraba.

Pero no se quejaba. Le gustaba pensar en la comida y en los chicos de la pensión. Éste había sido su pasado: había sido chica de alterne. Durante años, les había servido las copas a los señoritos en Las Palmeras. Nada más. Sólo servía las copas. Había sido muy guapa y el dueño de Las Palmeras la tenía de reclamo. Se llevaba muy bien con él, hasta que, dijo Matilde con solemnidad, pasó lo que pasó.

–Maté a un hombre, eso fue lo que pasó. Lo hice sin querer, fue un accidente, pero lo maté bien muerto.

En Las Palmeras se organizaban muchas trifulcas, y en una de ésas un tipo se le había encarado y le había dicho que saliera con él a la calle. La arrinconó contra la barra del bar y le puso una navaja delante de los ojos.

De repente, la marcó. Pero ella no sintió nada, ningún dolor, sólo la navaja abriendo la piel.

Matilde se apartó el pelo de un lado de la cara, como para enseñarme la cicatriz, y se cubrió enseguida, apenas tuve tiempo de ver nada.

–Alguien me puso una navaja en la mano, nunca supe quién. Pudo haber sido cualquiera.

La navaja estaba en su mano, me explicó, y aunque ella jamás había usado una navaja, se la hundió a ese hombre en el corazón. No había sido algo premeditado, había sido una casualidad. La navaja dio con el corazón y se hundió sola. Matilde no recordaba que hubiera tenido que hacer ningún esfuerzo. Eso aún le extrañaba un poco, porque siempre había oído decir que para matar había que tener una fuerza tremenda. Puede que el tipo se hubiera tirado, abalanzado, sobre la navaja. No había visto que ella tenía una navaja en la mano, ¿con qué ojos hubiera podido verla?, el tipo la estaba mirando a ella a la cara. La navaja había entrado en el corazón del hombre como si su corazón fuera un pedazo de manteca. Se había quedado muerto allí mismo, encima de ella. Luego resbaló y cayó a sus pies. Matilde creyó que sólo se había desmayado, ¿cómo podía imaginar que había matado a un hombre?, ¡si ni siquiera se había dado cuenta de que tenía una navaja en la mano! La absolvieron. Había testigos. El juez había dicho que lo único que había hecho ella era defenderse, casi le había dado la enhorabuena. Al parecer, el pobre muerto era un desecho, nadie le había llorado. Un desgraciado.

Nos detuvimos en una esquina. Desde allí, cada una seguía su camino.

–Es un pasado que quiero olvidar –dijo Matilde–. Por eso dejé de trabajar en Las Palmeras. Ganaba un buen dinero, pero prefiero la tranquilidad.

Le había costado cierto esfuerzo dejar a su jefe, que siempre la había tratado con mucha consideración. Lo que no había soportado fue que todos habían empezado a llamarla Navajita. Lo decían con buena intención, pero ella no lo aguantaba. A ella no le gustaban las peleas. Jamás le habían gustado. Una mujer más pacífica que ella era difícil de encontrar. Le dolía mucho que la llamaran Navajita. Lo del muerto había sido una fatalidad, lo había dicho el juez, ella no había tenido la culpa, no había habido voluntad de matar. Se lo había explicado al jefe y él lo había entendido. Aunque él era el primero en llamarla Navajita, no lo podía evitar, le hacía gracia.

Fue entonces cuando había buscado a una amiga que acababa de enviudar. Le había dicho que si quería tomarla de cocinera, con el dinero que tenía, porque sabía que su amiga tenía dinero, aunque no le iba a durar eternamente, con ese dinero, podía abrir una pensión y así podían vivir las dos, cada cual a su modo, cada una en su sitio.

Matilde conocía a esa mujer porque su padre era amigo del jefe y ella le había servido muchas copas. El hombre le hablaba mucho de su hija, por eso Matilde lo sabía todo de ella, hasta sabía cómo era, porque le había enseñado fotos. El hombre le había dicho que la hija se había casado y que siempre estaba esperando a los hijos que no venían, así que Matilde se había presentado en su casa y le había hablado con la mayor claridad, aunque en aquel momento no le había contado lo del muerto. Eso se lo había dicho más tarde.

Matilde y yo seguíamos detenidas en la esquina. Me preguntaba si aún quedaban más capítulos truculentos en su historia.

–Me voy para allá –dijo–. Es que me pongo a hablar y no paro.

Desapareció, cargada de bolsas, calle arriba. Cargada con su historia, que había derramado sobre mí. La había vuelto a recoger como si nada. Un peso más.

Aquella mujer me había hablado del pasado como si no se lo acabara de creer, como si estuviera observando, muchos años después, a la joven que había protagonizado la escena de la navaja para luego poder contárselo a los demás, porque sabía que todo eso iba a desaparecer y, si no lo contaba, nadie sabría que había existido. Era la escena de una película protagonizada por una actriz que no había rodado más que esa película, por eso no había llegado a hacerse famosa. Y, sin embargo, ¡qué bien había hecho su papel!, ¡con cuánta convicción!

En mi imaginación, veía a una mujer que apenas se parecía a Matilde. No tenía sus arrugas ni su expresión gastada. Una mujer joven, delgada, con el pelo largo y brillante. Una hija de Matilde más que ella misma de joven. Una hija con un remoto parecido con la madre. El corte de la cara, quizás. Porque Matilde, que de lejos parecía una más de las innumerables mujeres que deambulaban por los puestos de la lonja, una mujer de cuerpo indefinido y edad indefinida, algo encorvada, de andares torpes y manos grandes, acostumbradas al trabajo y al agua fría, vista de cerca, examinada con atención, cambiaba, se distinguía de ellas. Los ángulos de su cara aún se podían adivinar. Allí había residido su belleza, su atractivo. Un rostro que hubiera podido enamorar a las cámaras de cine. Una actriz secundaria que había hecho un gran papel.

En las palabras de Matilde había una especie de estupor. Era su pasado, pero ya estaba muy lejos, se había independizado de ella. Parecía querer saber qué rasgo de aquel pasado tan remoto se mantenía en su vida. Por eso lo rememoraba y lo relataba. El pasado era la historia y la historia no era suya. Quizás hubiera una fuerza invisible dentro de sí, un legado del pasado.

Cuando, en mis ratos libres, me dedicaba a leer el porvenir en las cartas del tarot y los hexagramas del I Ching, sentía que el pasado estaba demasiado cerca, que aún no era lo bastante enigmático. Todos creían que el pasado se podía entender. Era el presente lo que no entendían. Lo que nos desbordaba. A ellos y a mí. Ese asombro con que Matilde contemplaba un lejano capítulo de su historia, me pareció, de golpe, la verdad.

42

Iba a ver a mi madre a media mañana, cuando ella ya había vuelto del mercado. O por la tarde, antes de que mi padre o el tío Cosme terminaran su jornada de trabajo. Eran, también, las horas en que mi madre me llamaba por teléfono. Sus horas de soledad. Se dirigía a mí para llenar ese rato suspendido en el tiempo, sin utilidad. En el fondo del tono animoso de su voz había algo que fallaba. Cuando iba a verla, su cara se iluminaba. Nos sentábamos junto al balcón del comedor, que se había convertido en el lugar preferido de mi madre. Era allí donde había instalado su cesto de costura y la máquina de coser, que siempre había estado en la parte de atrás, en el cuarto estrecho contiguo a la cocina. De aquel cuarto habían salido todos mis trajes. El nuevo lugar era mucho más amplio y luminoso que el viejo rincón junto a la ventana que daba al patio de vecindad donde se respiraban los olores de las cocinas y se escuchaban las voces, los gritos de los vecinos, la música de las radios, los ruidos de lavadoras.

Desde la butaca junto al balcón, mi madre abarcaba la vista de la calle. Mientras hablaba conmigo perdía de vez en cuando sus ojos en la casa de enfrente. Sólo un momento, como para confirmar que su mundo, repentinamente transformado a causa de mi presencia, seguía inamovible.

Al poco tiempo de irme a vivir a Benarés, mi madre se había llevado a casa a uno de los cachorros de Bola, la perra sin raza de los Azogue. La última camada de Bola, siete cachorros. Al fin, se decidieron a esterilizarla. Me asombró aquel gesto de mi madre, porque nunca le había oído decir que le gustaran los animales y, que yo recordara, cada vez que, en casa de los tíos, sus pies tropezaban con uno de los cachorros de Bola, a mi madre se le escapaba una pequeña exclamación de fastidio. Muy leve, para que nadie la percibiera, para no ofender, sobre todo, a la tía Inés, responsable última de aquel caos continuo. Pero ahora mi madre pasaba mucho tiempo sola. Ya no podía subir por las tardes al taller de Luisa, que acababa de trasladarse al fin a la casa de la plaza de La Higuera, en cuya puerta una placa dorada anunciaba su nombre. Y su especialidad, aquello por lo que se había hecho famosa: novias, fiestas. Mi madre había escogido a una perrita que tenía reflejos dorados en el lomo. La llamó Volga, el nombre del río que atravesaba Rusia. Quizás fuera un homenaje a los ratos que habíamos pasado juntas mi madre y yo, tomándome ella las lecciones de geografía, la única asignatura para la que le pedí ayuda durante la época escolar.

Siempre había habido dentro de mí una extraña resistencia hacia la geografía. Como si mi memoria no quisiera conceder espacio a las listas de nombres que sirven para orientarnos en el espacio. No sé de dónde nacía la desconfianza que sentía hacia la utilidad de esos nombres, ni si era exactamente eso, desconfianza, pero el caso era que, frente a ellos, mi interés se retraía y no permanecían mucho tiempo dentro de mi cabeza. Mi madre, que quería serme útil, al llegar yo a casa, solía preguntarme si hoy tendríamos que repasar una lección de geografía. Con el libro sobre el regazo, asentía, satisfecha, cuando yo recitaba correctamente y de seguido la lista de los ríos de un continente o de otro, o de las cumbres más altas, de lo que fuera, y movía la cabeza hacia los lados, sonriendo un poco, como si le hicieran gracia mis errores, cuando me equivocaba o me olvidaba de un nombre. Algunas de esas listas le gustaban mucho –sin duda, ésa, los ríos de Europa– y ni siquiera necesitaba mirar el libro.

Volga no se separaba de mi madre. La seguía, pegada a sus piernas, por el pasillo, por la calle, donde ni siquiera hacía falta llevarla con correa. Con la cabeza de Volga apoyada sobre sus pies, cosa que encantaba a mi madre –cuando Volga se colocaba allí, mi madre siempre me hacía un gesto para que yo me fijara, lo que me hacía pensar, otra vez con asombro, en ese amor repentino de mi madre–, me hablaba de mis enfermedades de la infancia, de lo mucho que le habían preocupado siempre. Me contaba anécdotas, detalles que yo nunca había sabido o había olvidado, rememoraba escenas que yo recordaba a medias. Se me fue formando la impresión de que yo había estado siempre enferma, mucho más de lo que podía recordar. Y que el temor de mi madre no había sido vencido. Me preguntaba: ¿De verdad te encuentras bien? ¿Estás contenta? Eran preguntas que me había hecho todos los atardeceres, cuando yo llegaba a casa después del colegio, antes aún de preguntarme si teníamos que repasar juntas una lección de geografía. Lo comprendía ahora, reconocía el tono preocupado de la voz de mi madre, su mirada un poco furtiva, como si no quisiera que yo me diera cuenta de sus miedos. Cuando yo le respondía que me sentía muy bien, y que sí, que estaba contenta, ella me miraba, ya abiertamente, me examinaba un poco, asentía, con aquella satisfacción con que, años atrás, había aprobado que yo recitara sin equivocarme la lista de los nombres de ríos, montañas o ciudades. Quería confiar. No me hacía preguntas concretas sobre mi vida, ni sobre la casa donde vivía ni sobre las personas con las que compartía la vivienda. Prefería hablar ella, rememorar.

Me tenía al tanto de las novedades familiares. Las bodas de Fátima y Lourdes, a las que yo no había asistido. No sé qué alegué. Mi madre se encargó de darles una razón a mis primas. Moncho trabajaba en un taller de coches. Se había revelado como un gran mecánico. Los coches siempre le habían fascinado. Santi era administrativo de una gran empresa. El tío Cosme había echado mano de sus amistades para conseguir el empleo de Santi. Javi aún estaba estudiando, decía mi madre, sin precisar. Yo no podía imaginar a ninguno de mis primos sentado a una mesa delante de un libro. No estudiaría, iría de aquí para allí, sin trabajar aún, sin querer tomarse en serio la vida.

Luego venía el rito de siempre. Mi madre extendía la mano y me entregaba con disimulo, como si estuviéramos rodeadas de gente y fuera importante que nadie se diera cuenta del trasvase, unos billetes mil veces doblados, probablemente guardados en su puño desde hacía rato, desde el principio de todo.

–Si necesitas más, me lo dices –susurraba, sin mencionar la palabra «dinero». Jamás la mencionaba.

Le daba las gracias y salía a la calle con el peso de ese dinero en el corazón. No era mucho, pero para mi madre sí era mucho. No me preguntaba si yo lo necesitaba o no. Me lo daba. Una vez al mes, me entregaba los billetes, doblados, oscuros, billetes que casi habían perdido su condición de papel, que parecían retales de telas, restos inaprovechables. Quizás los guardaba en su puño desde que yo le había anunciado mi visita. Pero muchas veces no se la anunciaba, sino que aparecía de improviso. Allí estaban, escondidos en su mano, listos para pasar a las mías. No sé en qué momento se los guardaba allí ni de dónde salían, quizás del costurero.

Sospechaba que mi padre no lo sabía. Apenas le veía ya. En las raras ocasiones en que coincidía con él, no me preguntaba por mis estudios. Aún no me podía perdonar que me hubieran abierto un expediente, aunque debía de saber, porque mi madre sin duda le transmitía las noticias alentadoras que yo le contaba, que, gracias a la ayuda de mis profesores, no iba a perder el curso. No quería opinar sobre todo eso. El expediente le había producido una amargura tal que no podía considerar nada más. Como no fuera para seguir censurándome. No aprobaba mi forma de vida. No entendía por qué me había ido a vivir con tanta gente en esa casa tan alejada, pudiendo vivir con ellos con todo resuelto. En la forma en que me miraba, como a través de un velo de decepción, había una especie de recriminación permanente.

43

Recibí la sorprendente llamada telefónica de Rosana Corrales, la profesora de gimnasia del colegio. Con su ronca voz, como aguardentosa, me dijo que había preguntado aquí y allá y que al fin había dado conmigo. Profesora de gimnasia y de aquella asignatura de nombre pretencioso, sospechoso, formación del espíritu nacional. Había leído mi nombre en el periódico, así que estaba enterada de todo. Me llamaba por eso, para ver si me podía echar una mano. Había dado por sentado –o quizás se lo habían dicho– que andaba justa de dinero y que me vendría bien un trabajo. Tenía algo que ofrecerme, algo un poco insólito. El próximo trimestre ella estaba de baja –no dijo por qué– y estaba buscando una suplente para las clases de política. Había pensado en mí. Para dar esas clases no hacía falta ningún manual. Los manuales, afortunadamente, ya eran agua pasada. Podía plantear las clases como quisiera.

La propuesta me sorprendió tanto que apenas repliqué. Me dediqué a escuchar a Rosana, que por lo demás no paraba de hablar. Se trataba del trimestre que va de Navidad a Semana Santa y el colegio –un colegio público– estaba en un barrio obrero. Ella ya no daba clase en colegios privados, estaba harta de tener que soportar a las monjas, ¿me acordaba de las clases de gimnasia, de aquellos bombachos enormes que nos teníamos que poner debajo del uniforme?, sólo nos dejaban desabrocharnos el cuello, ¿cómo podía hacerse gimnasia así? Bueno, dejemos a las monjas en paz. Ahora están intentando cambiar, ya veremos, dijo, algo incrédula. De lo que Rosana estaba segura era de que las clases de política a las niñas del barrio obrero sería una experiencia para mí. Una persona con inquietudes sociales, como sin duda era yo, tenía que conocer esa realidad.

Cuando colgué el teléfono comprendí que había aceptado. Me arrepentí un poco porque tenía mucho que estudiar y muchos libros que leer y el trabajo de correctora de estilo me llevaba también mucho tiempo. Pero no me venía mal aquel dinero extra y me dije que quizás Rosana tuviera razón. Quizás me conviniera salir un poco de mi mundo.

La escuela estaba al otro lado del Canal Imperial. Hice mi primer trayecto con Rosana, una fría mañana de enero. Tomamos el autobús en la plaza de América. Entre traqueteos, sacudidas y empujones, Rosana desgranó un discurso que en el fondo era muy similar al del grupo de Mauricio. Me resultaba extraño encontrarme en el autobús con Rosana, a quien apenas conocía y con quien había hablado lo mínimo. Siempre me había parecido una mujer distante, de pocas palabras. Luego me explicó con más detalle lo que ella hacía en las clases. Proponía temas para debatir. En las clases de las más pequeñas, se centraba en la educación. La escuela pública no tenía nada que ver con el colegio de monjas, me advirtió. Lo que había que inculcarles a las niñas de la escuela pública era que no se robaran los lápices unas a otras, que se lavaran bien las manos antes de abrir un libro o un cuaderno, cosas muy básicas, que sus padres no tenían tiempo de enseñarles. Algunas de esas familias ni siquiera tenían agua corriente en sus casas.

El panorama que me trazó Rosana no resultaba muy alentador. ¿Dónde me estaba metiendo?, ¿sería capaz de mantener el orden entre aquellas pequeñas salvajes durante la larga hora que duraba la clase? Rosana hablaba con entusiasmo pero, a la vez, me estaba avisando: la tarea no sería fácil.

El olor. Era invierno y hacía frío, pero aquella atmósfera me remitió al taller de Luisa un día de verano. Sudor, cuerpos, comida. Ruido, desorden. La escuela no tenía nada que ver con mi viejo colegio, tampoco se parecía a las naves del fondo del jardín. Las niñas que me rodeaban gritaban, iban de aquí para allí, se daban empujones y patadas. ¿Cómo se le había podido ocurrir a Rosana que yo iba a ser capaz de imponer mi autoridad sobre esas niñas?

Encerrada en un aula, frente a cuarenta caras poco dispuestas a escucharme, estuve a punto de salir corriendo. Pensé en mis salvajes primos Azogue. Recurrí a juegos, a adivinanzas, a representaciones... Fui desfilando por cinco aulas donde me aguardaban inmensos grupos de niñas. Grupos de niñas pequeñas, grupos de niñas no tan pequeñas, grupos de adolescentes, no se sabía lo que era peor. No podría con ellas, sería mejor abandonar.

Olvidaba la escuela en cuanto la dejaba atrás. Era un trayecto largo. Dos días por semana. Llegaba a las nueve de la mañana, después de un buen madrugón y de muchos empujones en el autobús. Salía a las dos de la tarde, después de cinco horas seguidas de clases. Los otros días de la semana, la escuela no existía.

En medio del caos, rayos de luz. Niñas inteligentes, niñas que buscaban mi apoyo, una clase de protección, niñas que me miraban como si de verdad les estuviera dando algo. Los días en que no tenía clases, de pronto, me encontraba pensando en esas niñas. En mi propia infancia. Largas horas de silencio y de soledad, la sensación de no ser admitida del todo, de no ser comprendida. De estar en desventaja. De querer sobrepasar por otro camino –no por el que transitaban todos– a las personas que me miraban con superioridad.

En el autobús, de pronto, después de las clases, me siento felizmente vacía. Es una sensación que, sin ser del todo nueva –la reconozco como algo ya vivido–, hacía tiempo que no experimentaba. Lo he dado todo, no me queda nada, pero en ese vacío hay una extraña calma. Puede que sea mi idea de la felicidad.

Pero cuando termina el trimestre, experimento un gran alivio. Han sido tres meses agotadores. Rosana aparece en la escuela el último día del trimestre y tomamos café en un bar del barrio. Me agradece el favor, me pregunta si alguna otra vez puede recurrir a mí. No estoy segura, en este momento estoy demasiado cansada. Quiero concentrarme en los estudios. Al fin parece que me van a levantar el expediente. Los exámenes están ahí, a la vuelta de la esquina. Asiente, comprensiva, no sé si un poco defraudada.

Con el dinero de las clases en el bolso, me dirijo hacia el centro. Me detengo en la tienda de artículos de piel que está enfrente de Santa Catalina. Una tienda muy cara cuyos escaparates he mirado cientos de veces. Entro, no con la idea de comprarme algo, sino porque tengo dinero en el bolso. Colgada de una percha, a la altura de los ojos, veo una gabardina de cuero azul marino, casi negro. Resulta que está rebajada, dice la dependienta, es de la temporada anterior. ¿Me la compro por eso, porque está rebajada y el dinero me alcanza –e incluso aún me sobra algo– o porque me gusta? El caso es que me la compro.

Salgo de la tienda un poco mareada, debilitada. De una manera rara, recóndita, la gabardina de cuero queda ligada para siempre a las clases de política –aunque no sea adecuado llamarlas así– en el lejano barrio obrero.

44

Como si Carmen Gómez Moraleda se hubiera puesto de acuerdo con Rosana Corrales para llamarme, por turno, y traer de nuevo a mi vida los recuerdos del colegio, a los pocos días de haber finalizado las clases de política recibí la llamada de Carmen. También ella estaba al corriente de mi vida. Más de una vez había pensado en llamarme, pero lo había ido dejando de un día para otro y ya no quería retrasarse más. No pronunció ningún discurso político. Quería saber cómo estaba yo, sólo eso.

Me invitó a tomar café en su casa, que quedaba muy cerca de donde había estado el colegio. Las obras del nuevo edificio, al otro lado del río, estaban a punto de finalizar, me informó. Se inauguraría en el próximo curso. Estaba deseando reiniciar su actividad. Había aprovechado ese lapso de tiempo para actualizar su formación. Había ido a la universidad y había seguido varios cursos. Resultaba un poco curioso, una especie de ironía indescifrable, que Carmen hubiera ido a la universidad precisamente dentro del tiempo en que yo tenía prohibida la entrada.

Si hubiera tenido tiempo de reaccionar, habría inventado una excusa para rechazar la invitación de Carmen, pero me había cogido por sorpresa. No tenía ningún deseo de volver al mundo al que Carmen me remitía –lo primero que evocaban mis sentidos era el olor a la cera que impregnaba los pasillos y al incienso que flotaba en la capilla–, pero ya le había dicho que iría y no me podía desdecir. Tampoco Carmen se merecía mi rechazo.

El piso de Carmen estaba justo en el arranque de la avenida del Canal, en una bocacalle que tenía cierto aire pueblerino. Me explicó, poco después, que, a pesar del traslado del colegio, no pensaba cambiarse de piso. Era persona de costumbres fijas y el barrio le gustaba, se había hecho a él. Aquel corto paseo que durante años había hecho diariamente había significado mucho para ella. En las calles que atravesaba a diario estaban las tiendas en las que hacía la compra de todo lo que necesitaba, que era muy poco.

Allí, enmarcada en la puerta del piso, estaba la Carmen de siempre, vestida y peinada de la misma forma, con su viejo hablar titubeante, fruto de su timidez, y su mirada esquiva. Puede que la palidez mate de su cara se hubiera acentuado, que sus gestos se hubieran hecho más pausados, como si le costaran un poco más de esfuerzo. El cansancio de la vida. Al verme y sonreír, sus ojos se llenaron momentáneamente de sueños, como en las clases de literatura, cuando hablaba de Proust y Saint-Exupéry.

Me senté en una silla de respaldo recto, junto a la mesa del pequeño comedor donde Carmen, evidentemente, hacía la vida. La mesa, en parte cubierta de libros y cuadernos, era el centro de la casa. Era allí donde preparaba las clases, donde corregía los ejercicios de las alumnas. Allí había debido de estar también mi cuaderno alguna vez, cuando yo había sido alumna suya. No había butacas ni mesas bajas, nada que sugiriese la idea de un cuarto de estar, de comodidad.

Me preguntó cómo me las estaba arreglando para seguir con los estudios. Le alegró saber que las cosas no estaban tan mal. No se le ocurría cómo ayudarme, pero quería decirme que podía recurrir a ella para lo que fuera. Podía no estar de acuerdo con algunas de las cosas que planteaban los estudiantes –sobre todo, no compartía ese tono de agresividad que empleaban siempre–, pero en el fondo teníamos –me incluyó a mí– muchísima razón. ¿Cómo no desear un mundo más justo?, ¿cómo no luchar, cada uno a su modo, por alcanzar esa meta?

De pronto, dijo:

–Ayer hizo treinta años de la mejor decisión que he tomado en mi vida. Hice voto de pobreza. Tenía veintidós años.

El inmenso piso donde vivían sus padres le recordaba demasiado bien quién era, declaró, a qué clase social pertenecía, resultaba una limitación para vivir la vida como ella quería vivirla, basada en la idea de entrega y renuncia. Su tarea no se había circunscrito a ser nuestra profesora de francés y de literatura, sino que daba clases a las sores y a los padres de las niñas de la escuela. Yo no había sabido nada de esas clases. Ni yo ni las otras alumnas del colegio. Carmen daba las clases en la escuela, en aquel mundo aparte del fondo del jardín que habitualmente quedaba fuera de nuestra vista. Ahora, en el nuevo edificio del colegio al otro lado del río, Carmen iba a continuar su tarea, que perdería al fin aquel carácter secreto, casi clandestino, que había marcado todo lo que se separara un poco de las normas estrictas de la vida colegial.

No se había metido monja, dijo, porque nunca le había gustado el orgullo de las monjas, ese aire de superioridad que enseguida adquirían todas. Ahora estaban intentando cambiar, pero a algunas les costaba mucho. Lo que siempre le había dolido más de las monjas era el trato que daban a las sores. Las monjas parecían considerar que las sores estaban a su servicio, y les mandaban hacer una cosa u otra, a su antojo, con palabras bruscas y nada amables, ¿qué habían hecho las sores para merecer ese trato? No tenían estudios, se encargaban de las tareas de limpieza y de cocina, era evidente que provenían de familias humildes, pero eso no justificaba el comportamiento de las monjas. Todo lo contrario, hubieran debido ser generosas con ellas, compensarlas de algún modo por no haber tenido su misma suerte. Nacer en el seno de una u otra familia era una mera cuestión de azar. Carmen aún se acaloraba evocando aquellos oprobios que también se habían grabado en mi memoria. Era algo que llamaba poderosamente la atención y que las mismas alumnas, a veces, comentábamos entre nosotras.

Recordé las confidencias que me había hecho la tía Inma en el verano, en la casa al borde del acantilado sobre el Cantábrico. Carmen no era hija legítima, me había dicho. Por eso las monjas no la habían aceptado en la congregación, había comentado, indignada. Pero las razones que ahora había expuesto Carmen iban más allá. No estaba de acuerdo con las monjas. No era, en esencia, una de ellas.

Tuve la repentina sensación de que Carmen me había invitado a su casa para hacerme esa confidencia. Había querido explicarme cuál era su lugar en el mundo. Quizás había llegado para ella el momento de querer compartir su secreto con alguien. Era un modo, también, de decirme que yo no estaba sola con mis problemas y mis secretos. Siembre había sabido, respecto a mí, algo que los demás ignoraban. Con su confidencia, trataba, al cabo de los años, de compensar aquel pasado desequilibrio. Probablemente, imaginaba que yo estaba pasando por un momento difícil y quería decirme que confiaba en mí. Me hacía depositaria de sus decisiones más secretas y valiosas.

Crucé la plaza de los Archivos, envuelta en un aire suave y fresco que parecía venir de un lugar idílico donde reinara la felicidad, miré hacia las ventanas iluminadas del piso donde aún vivían los padres de Carmen, a quienes imaginé muy ancianos, ¿a qué manos iría a parar el piso cuando murieran? En la penumbra silenciosa de la plaza, aquellas ventanas iluminadas parecían un derroche de luz. Imaginé a Carmen antes de cumplir los veintidós años, asomada a los balcones, haciendo planes de renuncia sobre su vida futura. A sus espaldas, lámparas, alfombras, cortinas. Pensé en su voluntaria vida ascética, en su dedicación a la enseñanza, en su sentido de la justicia y la igualdad social. Sus confidencias encajaban en los recuerdos que tenía de ella cuando había sido mi profesora de francés y de literatura. Ahora que conocía la clave de su comportamiento silencioso y discreto, ese voto de pobreza que la había alejado de las comodidades que le brindaba el piso familiar, entendía mejor por qué siempre me había parecido que había en todo lo que hacía y decía Carmen un tono de sacrificio. Algo absolutamente personal, intransferible. Aunque, llevada por un impulso, hubiera decidido confiarme su secreto, no era algo que se pudiera compartir.

45

Los inquilinos de Benarés celebraron con una fiesta el sobreseimiento de mi expediente. Lo habían celebrado ya, antes de conocerse el fallo, porque allí nadie dudaba de mi triunfo, y lo volvieron a celebrar cuando el fallo se hizo público. Nadie me podía devolver el tiempo que me habían quitado ni, sobre todo, el golpe que el expediente había supuesto para mis padres. Todos los cambios que había sufrido mi vida. Pero yo sabía que el expediente no había sido tan malo para mí. Había sido expulsada de la universidad, sí, pero, a la vez, me había salvado. Recién salida del abismo en el que había caído al final de la primavera, aún con miedo, al regreso del verano, había tenido que ocuparme de resolver mil asuntos y de pronto me di cuenta de que el miedo había ido quedando lejos, como tantas otras cosas, como las aulas, los pasillos y la biblioteca de la facultad, en la que no me estaba permitido entrar. Vagamente comprendía –no tenía tiempo para reflexiones más profundas– que la prohibición que había caído sobre mí de forma tan inesperada me había hecho reaccionar, había puesto todo mi empeño en no quedarme al margen de la universidad, en continuar con mis estudios, en terminar la carrera. Que la prohibición no afectara a mis estudios, eso había sido lo primordial, porque era lo que el expediente me negaba.

Lo cierto era que me había convertido, en el transcurso del año, en una alumna privilegiada. Los profesores, los mejores estudiantes de la facultad, venían a mi propia casa a darme clases particulares, me recomendaban lecturas, me prestaban y hasta me regalaban libros.

Esas relaciones tan estrechas con mis profesores, todos mayores que yo y poseedores de un excelente palmarés académico, que me impresionaba, propiciaban una intimidad –me encontraba a solas con ellos, de uno en uno, en mi cuarto, sentados muy juntos– que parecía el preludio de historias más personales. Algunas me dejaron un sabor agridulce y de desconcierto. Caí en ellas sin desearlo demasiado –por temor a quedar mal, como alguien que desde la barrera se atreve a prometer mucho y luego, ya en el ruedo, no da nada–, fundamentalmente empujada por curiosidad.

Pero ninguna de las aventuras con mis profesores, ni las que emprendí yo ni las que emprendieron ellos, fue duradera. Siempre me desilusionaban un poco. Los hombres que las protagonizaron me dieron, todos, en el momento mismo de la aventura, la sensación de que no les importaba demasiado saber quién era yo. Estaban, en el fondo, ausentes, dentro de sí mismos. Quién sabe por qué, estos episodios amorosos habían sucedido muy cerca unos de otros, como si hubieran sido convocados a la vez por una fuerza superior. ¿Era yo quien la invocaba para poner a prueba mi poder?

Percibía que a mi alrededor nadie dudaba de cuál era mi destino, como si lo hubieran visto con claridad meridiana en misteriosas sesiones con otros adivinos, quizás en sueños. Después del verano, me iba a incorporar al equipo de ayudantes de la cátedra de economía mundial, una asignatura cuyo nombre lo decía todo. La mayor amplitud, la mayor vaguedad. Curiosamente, a mis amigos de Benarés, que eran mucho más frívolos que mis profesores, y que, mientras yo estudiaba y estudiaba, seguían con sus salidas y fiestas nocturnas y cuando estaban en casa se movían con vasos de vino en la mano y envueltos en nubes de marihuana, con su música a todo volumen, esta perspectiva les parecía estupenda.

De vez en cuando, querían conocer su porvenir –el mío ya lo conocían–, pero siempre me preguntaban, casi ceremoniosos, si tenía tiempo para ellos. No querían robármelo. Mis estudios eran lo primero.

En pleno mes de agosto, con un calor de muerte, mientras lamentaba no haberme marchado de viaje con un grupo de amigos por los países nórdicos, recurriendo, quizás, a un préstamo, abrí, como de costumbre, el periódico a la hora del desayuno y mi corazón dio un vuelco. Allí estaba, enmarcado en una esquela, el nombre de Mauricio. Lo leí una y otra vez. Mauricio Moreno Benají. Veintisiete años.

Hacía tiempo que nadie me daba noticias de él. Hacía tiempo que no pasaba por delante del número cuatro de la cuesta de la Bodega Alta. Hacía tiempo, también, que el sótano hundido en la oscuridad que, al pasar, camino del colegio, yo siempre escudriñaba como si hubiera en él una clave que me permitiera entender algo importante de la vida, había sido traspasado y era una tienda de mobiliario de oficina. Sillas que combinaban el cuero y los cromados, tapicerías suaves de colores cálidos, grandes mesas de madera, de laca o de cristal, lámparas de soportes delgados y largos, flexos cuyos brazos iban y venían formando estilizadas figuras geométricas. Nada del antiguo misterio. Nada de ese pasado que nunca había sido mío y que, en determinado momento, lo fue, accedí a él.

Sabía que Mauricio se había desligado del todo del grupo de estudiantes que leían fervorosamente a Marx y a Lenin y que trazaban planes para que la sociedad alcanzara cuanto antes la revolución proletaria. Había ido creciendo en él aquel lado oscuro que de pronto le hacía enmudecer, alejarse de todo, buscar algo sólo para sí. Lo había visto de lejos alguna vez, en un bar en penumbra del casco antiguo, y me había costado reconocerle. No nos habíamos saludado. Nuestros ojos se habían sobresaltado a la vez, sacudidos por el mismo rechazo. Éramos, el uno para el otro, el pasado. No queríamos volver a él.

Me habían impresionado su delgadez, el descuido con que se vestía, el aire que transmitía de no importarle mucho su apariencia, él, que siempre había disfrutado de la admiración de los otros. Cuando tiene lugar un cambio tan evidente, la causa lo es también. Mauricio había quedado atrapado en el mundo de la droga. Se murmuraba que se trataba de la heroína. Podía ser un simple enredo. Eso quería pensar yo, como si el deterioro de Mauricio también me incluyera a mí o pudiera llegar a afectarme. De una manera oculta, secreta, aún me sentía ligada a él.

Con los ojos fijos en la esquela que enmarcaba su nombre, supe que el enredo se había convertido en tragedia. En medio del verano, en el mes más solitario del año.

46

Llamé a Pablo Moraleda, el radioaficionado. Mauricio había muerto de paro cardiaco, me informó. Llevaba muerto un par de días cuando lo encontraron en el piso de una amiga que estaba de viaje. No en el piso de su novia, que en ese momento estaba peleada con él y a quien habían tardado en localizar, sino en el de esa amiga. Había sido la amiga quien, al regreso del viaje, había encontrado el cuerpo sin vida de Mauricio.

Era algo que se veía venir, añadió. Los que estaban a su lado se lo habían avisado, si seguía metiéndose la maldita droga en el cuerpo, iba a acabar así, era cuestión de tiempo. Su aspecto no podía ser peor. Todo el mundo le rehuía. La muerte de Mauricio sólo había sido una sorpresa para sus padres. No es que lo hubieran visto con mucha frecuencia, porque ellos vivían en el pueblo, pero Mauricio iba de vez en cuando a visitarles, ¿cómo es que los padres no se habían dado cuenta? Toda la familia se lo había dicho, ¡tenían que llevarse a Mauricio con ellos! Los padres alegaban que no podían hacer nada, que Mauricio no quería saber nada del pueblo, porque una vez que se sale del pueblo ya no se quiere volver. Ahora, los padres estaban hundidos, como si no se acabaran de creer que su hijo había muerto, como si aún esperaran algo, un milagro, la resurrección. Pablo pensaba, incluso, que se iban a quedar en la ciudad durante quién sabe cuántos días, una buena temporada, porque no hablaban de volver al pueblo. Se habían quedado petrificados, no se podían mover, ¡y con ese calor! Era la primera vez que venían a la ciudad. No iba a haber forma de sacarles de la casa, les había dado como un pasmo, concluyó, con preocupación, como si verdaderamente creyera que esos parientes a los que acababa de conocer se fueran a instalar para siempre en su piso.

Hasta ese momento, no había hablado con Pablo. Ni siquiera recordaba haberle visto del todo –de espaldas, sí, alguna vez, de perfil– cuando iba a visitar a Mauricio. Por lo que yo sabía, el único objetivo de Pablo, cuando yo había pasado, casi sin verle, tantas tardes en su piso, era realizar incomprensibles y enrevesadas conexiones con cables, enchufes y no sé qué artilugios. Nunca había entrado en su cuarto, sólo lo había entrevisto desde el pasillo. No me detenía demasiado ante su puerta, que casi siempre estaba cerrada. Al otro lado, se oían voces, la suya y otras, deformadas por las ondas.

Para Mauricio, Pablo era un perfecto exponente del egoísmo pequeñoburgués. Aún podía recordar alguno de sus comentarios despectivos. En eso consistía la vida de Pablo, decía Mauricio, en tratar de establecer nexos con personas que no conocía, con las que no compartía la más mínima idea, el menor punto de vista, ¡las personas sólo estaban unidas de verdad por los proyectos sociales!

Ahora Pablo parecía un hombre abrumado, que no sabe cómo sobrellevar la invasión a que ha sido sometido su territorio y que aprovecha cualquier oportunidad que se le brinda para, al menos, desahogarse un poco.

Al cabo de los años –ni siquiera eran dos, pero parecían muchos–, volví a atravesar el portal de la casa de los Moraleda. El viejo ascensor renqueante, que había utilizado en contadas ocasiones, en parte porque me daba miedo de que se descolgara y en parte porque, como era casi transparente, me exponía a miradas indiscretas, lo que casi me daba más miedo, había sido sustituido por una cabina gris de acero.

Opté, como siempre, por las escaleras. Me pregunté si seguirían viviendo en el piso de los Moraleda aquellas mujeres, cocineras, doncellas, planchadoras o lo que fuera, parientes unas de otras, intercambiables, que tanto me habían inquietado en aquellas visitas que ahora me parecían tan lejanas. Como si aquellas tardes en las que salía de casa de mis padres nada más terminar de comer para estar cuanto antes en el piso de Mauricio pertenecieran a una época remota, a una especie de prehistoria. Presioné el timbre de la puerta y me quedé a la espera, como tantas otras veces. Se oían ruidos, voces al otro lado.

La puerta se abrió enseguida. Era gente que se marchaba. La mujer que les despedía y que, mientras lo hacía, me invitó a entrar con un gesto vago, no me recordó a ninguna de aquellas mujeres. Aunque, de ser una de ellas, no sé si habría podido reconocerla, porque nunca las había mirado de frente. Yo entraba en el piso muy deprisa, deseando alcanzar cuanto antes el cuarto de Mauricio. Pero había algo distinto en esta mujer. Quizás la ropa, más moderna. Y ella misma parecía, también, más joven que aquellas mujeres. Asintió cuando le dije que venía a visitar a los padres de Mauricio. Mientras recorríamos el pasillo, miré a través de las puertas abiertas. Me pareció notar que había menos muebles y objetos en los cuartos. El piso producía una impresión de desolación, como si alguien lo hubiera ido vaciando, con la intención de mudarse, al cabo, definitivamente de él.

El salón grande, el salón de las reuniones familiares, estaba lleno de gente. Algunas de aquellas caras me sonaban, pero la mayoría eran desconocidas para mí. La única persona a quien yo conocía era Nano. Nadie, ni siquiera Nano, se preocupó de decirme quiénes eran los padres de Mauricio. Lo tuve que averiguar por mi cuenta. Se lo fui preguntando, casi una por una, a las personas que llenaban el cuarto y que, después de haberme mirado un momento –de arriba abajo– cuando yo había irrumpido en él, volvieron a sus asuntos, a las conversaciones que tenían lugar entre ellos.

Nadie hablaba de Mauricio, como si su muerte no fuera la causa que nos hubiera reunido. El cuarto, por la disposición de los asientos, sillones y sillas arrimados a la pared, pegados unos a otros, parecía la sala de espera de las consultas de los médicos. Sólo que aquí todos eran parientes. Por los comentarios que oí, deduje que la mayor parte de ellos procedía del pueblo de Mauricio. Habían venido acompañando a los padres. De paso, y a pesar del calor, deambulaban por la ciudad, visitaban los lugares y monumentos más famosos. La mujer que me había abierto la puerta, entre ellos. Era, me pareció, la que más lugares había visitado, la que mejor conocía la ciudad.

Después de estrechar las manos de los padres de Mauricio y musitar frases de condolencias, me senté entre aquellas personas que hablaban de iglesias, museos, palacios, estatuas y parques, dispuesta a pasar un rato allí, un breve rato que me diera la sensación de que mi visita había tenido cierta consistencia. De pronto, sentí que se me aceleraba el corazón, que el aire no entraba en mis pulmones. Me levanté, un poco tambaleante, y salí al pasillo.

–¿Te encuentras mal? –Preguntó Nano, a mis espaldas–. Te traeré un vaso de agua.

Lo seguí hasta la cocina, traté de beber despacio el agua que me ofrecía.

Mientras miraba a Nano, me dije que quizás había sido a él a quien yo había ido a dar el pésame. Nano había sentido por Mauricio una admiración inmensa. Veneración. Seguía siendo aquel chico larguirucho de gestos torpes. Ahora llevaba gafas.

–¿Le veías mucho? –le pregunté.

–No, Mauricio no veía a nadie. No veía, no miraba a su alrededor.

–Pero tenía novia.

–Mauricio siempre ha tenido novia.

Estaba apoyado en el fregadero, tenía los brazos cruzados sobre el pecho, me miraba como me había mirado muchas tardes –esas tardes que parecían tan lejanas– cuando nos perseguía a Mauricio y a mí por el pasillo. Su veneración hacia Mauricio me había abarcado a mí.

Nano me preguntó por mi vida, por mis planes, como si quisiera apartarse cuanto antes del duelo. Le dije que en ese momento estaban detenidos. Todo estaba detenido. Lo dije sin pensarlo mucho. Pero la frase se quedó dentro de mí, sin querer dar paso a ninguna otra. Todo se había detenido.

47

Se había creado en el barrio una atmósfera de familiaridad, muy distinta a la del invierno. Los que no nos habíamos ido a lugares más frescos donde pasar el verano nos mirábamos unos a otros con vaga complicidad. Al anochecer, salíamos a los jardines –en algunos casos, como en el mío, algo desérticos– o a las mismas puertas de las casas, para respirar el aire ya liberado del sol. Nos habíamos quedado atrapados en aquel infierno. Y ése era el asunto del que hablábamos cada vez que cruzábamos la palabra. Los grados de calor, la necesidad de que cayera una tormenta o de que corriera, al menos, un soplo de brisa. Nos quejábamos de no haber podido dormir en la noche sofocante, en la quietud del aire estancado, inmóvil.

Me encontraba en el jardín, leyendo, disfrutando del silencio de la casa vacía y del barrio medio deshabitado, cuando oí el timbre del teléfono en el interior de la casa. Una voz de hombre, desconocida, preguntó por mí. Sebastián Moreno Benají. Acababa de llegar de Japón, me comunicó. Sus padres le habían dicho que yo había pasado a verles por la tarde. Concha Aínsa, a quien acababa de ver, le había proporcionado mi número de teléfono. Admitía que era un poco tarde para llamar, y se excusaba por ello, pero era viernes, y había pensado que con aquel calor era probable que yo estuviera despierta. Se iba a la mañana siguiente, pero podía pasarse por La Sirena Azul y tomar una copa conmigo.

Algunas noches, me acercaba al casco antiguo por ver si me encontraba con alguien con quien hablar y tomar algo en uno de los bares. Hacía días que no iba por allí. Le dije a Sebastián que intentaría pasar por La Sirena Azul, pero no se lo aseguré. Salí de casa sin saber aún si iría. Vi un taxi y decidí pararlo.

Nunca había entrado en La Sirena Azul, el bar del Gran Hotel. Ni siquiera había entrado en el Gran Hotel, cuya puerta, guardada por porteros uniformados, se abría en el chaflán que daba a la plaza de Santa Catalina. Al pasar por delante, solía mirar hacia el otro lado de la puerta giratoria. Vislumbraba las lámparas, las alfombras, las maletas dejadas junto al mostrador, los viajeros. Eran una pequeña parte del amplio y desconocido mundo que existía al margen de la ciudad y que durante un breve lapso de tiempo, unas horas, unos días, se acercaba a nosotros, recalando en aquel espacio de lujo.

Entré en el bar por la calle lateral, perpendicular a la cuesta de la Bodega Alta, que, de camino hacia la casa de los Moraleda, había recorrido cientos de veces. Sebastián estaba acodado en la barra. El bar, medio vacío. En cuanto me vio, dejó el taburete y se me acercó, como si estuviera recibiéndome en su propia casa. Era, sin duda, un cliente habitual, uno de esos parroquianos a quienes el camarero trata como a un miembro de su familia, la gran familia de los clientes del bar, y a quien atiende enseguida y de forma distinta, dentro de un clima de confianza.

Sebastián había engordado un poco. El pelo, blanco,

abundante, le rozaba el cuello. Seguía siendo un hombre guapo, seguro de sí mismo. Todos sus gestos proclamaban que la vida no tenía muchos secretos para él. Me agradeció fugazmente que al fin hubiera podido ir. Y, de nuevo, la visita que yo había hecho a sus padres esa misma tarde.

Me dijo luego que sus padres estaban aturdidos, superados. Mauricio siempre había sido el hijo favorito. Los padres siempre habían pensado que le iba a ocurrir algo extraordinario, no se sabía qué. No veían lo que estaba pasando.

Tampoco él lo había sabido ver, admitió. A los últimos amigos que había tenido Mauricio, él no les había conocido. Ya se imaginaba cómo eran. Yonquis o alcohólicos. Él había ido a lo suyo, lo admitía. Sí, había sido egoísta, muy egoísta. Nunca se había preocupado por su hermano. Mauricio era muy inteligente, muy brillante, eso yo lo sabía de sobra, no hacía falta que él insistiera. Muy inteligente, eso era lo peor, lo que a él le daba más rabia, ¿cómo una persona inteligente había podido dejarse llevar de ese modo, anularse por completo? Eso no lo acababa de entender.

Lo de la política era lo de menos. Los jóvenes siempre han querido cambiar el mundo y aunque él nunca había compartido las ideas de Mauricio –me lanzó una mirada precavida, por si acaso eran también las mías–, comprendía que había cosas que se tenían que cambiar. Incluso lo aceptaba. Pero no se había tratado de eso, no se había tratado de política, sino ¿de qué?, ¿de qué se trataba?, ¿qué buscaba Mauricio en la droga? Hasta podía comprender que la hubiera querido probar –los jóvenes, dijo, mientras volvía a mirarme, algo interrogante, siempre buscan nuevas experiencias–, pero ¡quedarse ahí!, ¡destruirse de ese modo!

–Le gustaba sentirse distinto a los demás –dije.

–No te quiero dar más la lata, háblame de ti –terminó, dedicándome una mirada de remoto interés.

No sé qué era lo que había empujado a Sebastián a llamarme. Yo era la antigua novia de su hermano muerto. Luego había habido otras chicas, pero, sin duda, lo que fuese que hubiera existido entre Mauricio y yo había durado más. ¿Me había llamado animado por el deseo de hablar de su hermano, de conocerle un poco más?, ¿por simple curiosidad?

Llevábamos un rato sentados y ya habíamos terminado las copas.

Sebastián empezaba a repetirse. Sus palabras tenían ya el inconfundible tono de los borrachos. Era el momento de marcharme y ver si me encontraba con alguien conocido en uno de los bares del centro.

Cuando le dije que me marchaba, Sebastián me miró con desconcierto, como si nunca hubiera esperado eso de mí. No me iba a retener, dijo, claro que no. No tenía por qué preocuparme. Podía irme si eso era lo que yo quería. Cuando la gente estaba con él, no era por obligación, sino porque quería estar con él, porque la gente se lo pasaba bien con él, por eso. En particular, las mujeres. Me acompañaría a mi casa, por supuesto. Ahora mismo le iba a decir al camarero que nos pidiera un taxi. No me iba a dejar volver sola a casa, desde luego que no, era un caballero.

Le obligué, medio empujándole contra el asiento, a que se quedara en el bar, ya casi vacío del todo. Sentí que mi rechazo había sido excesivo, que mi gesto había estado fuera de lugar. Habría bastado con decirle que no con firmeza, sólo decirlo. Pero de pronto había sentido dentro de mí una especie de horror.

Volví a mi jardín algo desértico, suavemente iluminado, al calor de la noche estrellada e inmóvil, a la soledad de la casa deshabitada. Estaba a salvo, ¿de qué?

¿Qué era lo que me llenaba de nostalgia?, ¿por qué sentía de pronto ese vacío, como si me hubiera quedado sola en el mundo, desorientada, perdida en un camino que no conducía a ninguna parte? Los amigos estaban lejos. La fe que habían puesto en mí se había ido con ellos. ¿Y si me fuera, si me escapara de todo? Podía solicitar una beca para hacer el doctorado en una universidad norteamericana, era algo que alguna vez se me había ocurrido pero que había apartado de mi cabeza porque necesitaba la mayor concentración para estudiar. Incluso había llegado a comentárselo a algunos de mis profesores, a quienes les había parecido buena idea. No tendría la menor dificultad en obtener una de esas becas, habían dicho. Quizás podía irme ya, buscar un trabajo, entre tanto, en el departamento de español o donde fuera. Me vi andando por una calle desconocida en una ciudad desconocida, rodeada de personas desconocidas. Y me veía, en ese lugar lejano e inexplorado, con más claridad, con más luz, que en el jardín en penumbra de mi casa.

De pequeña, cada vez que las tías de San Juan de Luz regresaban a su casa y a su negocio, después de haber pasado unos días con nosotros, desordenando mi cuarto, llenándolo de ropa y de perfume, y revolucionando nuestros pequeños hábitos familiares con los suyos, me invadía el deseo de recorrer el mundo, de marcharme yo también, todo lo lejos que pudiera, del escenario que ellas acababan de abandonar de nuevo. Pero aquellos deseos míos de la infancia, con el tiempo, habían sido olvidados, sustituidos por otros. Había descubierto que ni siquiera conocía el mundo que me rodeaba. Sabía que nunca acabaría por conocerlo, que aún estaba lleno de misterios, pero, en la soledad de mi jardín, después de haber escapado de la compañía de Sebastián, me pareció que lo tenía que abandonar.

Veía ahora el cuarto vacío y nuevamente ordenado, después de la despedida de mis tías, ese cuarto en el que aún flotaban en el aire restos de su perfume y el eco de sus risas, y donde yo me quedaba soñando con destinos desconocidos, lugares lejanos donde descubrir algo que no sabes qué es hasta que lo ves porque está dentro de ti y no lo puedes reconocer hasta que no está fuera, como si fuese un reflejo de tus sueños.

Dentro de mi cabeza, giraban, como en una noria, escenas de los últimos años que parecían haberse sucedido muy deprisa, una detrás de otra, sin que mediara entre ellas el tiempo necesario para que los personajes de la obra –sobre todo, yo, la protagonista– se aprendieran el nuevo papel. Tenía la sospecha de que, dentro de la noria, había cosas que quedaban ocultas, que no encajaban bien. Como ese momento en que, después de que un consultante me hubiera hecho su pregunta, yo abría la caja china y le pedía que escogiera unas fichas de nácar, las que quisiera, redondas, cuadradas o rectangulares, una, dos, tres o diez. Allí empezaba otra clase de vida, donde lo interesante era, precisamente, lo que no encajaba bien. Todas esas indicaciones y señales que de pronto daban la vuelta, apuntaban hacia otro lado, como si la clave de todo estuviera en lo inesperado, en lo que no se ha llegado a pensar, lo que no se puede planear.

Me vi delante del Almacén Moraleda, camino del colegio, en la fría mañana de invierno, mi mano enguantada dentro de la mano desnuda y áspera de Felisa, mis ojos perdidos en la oscuridad del sótano. ¿Qué miras?, vamos, dice Felisa, tirando de mí. En aquellas tempranas mañanas de mi infancia, yo era una niña que no entendía el mundo nada me preocupaba enteramente. Sentía una extraña, persistente, confianza en mi interior. Con la mirada clavada en el mundo oscuro y enigmático que apenas se adivinaba al otro lado del cristal polvoriento de la ventana, me sentía dueña de un poder misterioso.

En la noche inmóvil y estrellada de finales de agosto, mientras respiraba el aire del verano, no tan sofocante como cuando el sol cae sobre él, durante el día, en el silencio del barrio despoblado y ya dormido, lejos de los ruidos del centro de la ciudad, lejos de los bares, de los amigos y conocidos que quizás deambulaban por ahí, lejos, también, de mis padres, que ya habían regresado de pasar unos días, como todos los años, en una playa del sur, palpé la necesidad de la distancia. Con la muerte de Mauricio había concluido algo.

Junto al dolor que causa toda desaparición, ese vacío que se presiente cuando una vida ha sido truncada, atisbé aquella antigua euforia, que sólo surgía en momentos solitarios, desligados de todo, conectados con todo. Esos momentos solitarios que, asombrosamente, no son tristes. El aislamiento deja de importar. Se convierte en algo colmado de sentido. Se disuelve.

Poco a poco, la noche se fue evaporando, sin dejar huella ni sombra algunas. Una tenue claridad iluminó el jardín, un suave frescor recorrió mi cuerpo. El aire volvió a inmovilizarse. Era el eterno amanecer de verano de una ciudad desértica, muy pálido, casi blanco, y, a la vez, extrañamente corpóreo, como si fuera un objeto que se pudiera tocar, tener en las manos.

Impreso en Talleres Gráficos
LIBERDÚPLEX, S. L. U.,
ctra. BV 2249, km 7,4 - Polígono Torrentfondo
08791 Sant Llorenç d'Hortons